致
不会说爱的你

陈雪
Works

新星出版社 NEW STAR PRESS

新经典文化股份有限公司
www.readinglife.com
出　品

目录

1

河边春梦

我们吃饱喝足，
回程飞扬路途上，
裙摆飘飘。
我哼起歌来，似乎沉醉梦想中，
感到一种安心的快乐。
我们的热切与无望都镇定下来。

男子汉面摊

当年，我都叫它作"男子汉面摊"。

天黑才出摊，到了深夜，骑楼前几张矮桌椅上满满都坐着兄弟，老板一年四季都穿白色薄汗衫，胸前口袋装着一包软壳黄长寿，西装裤，蓝白拖，留着小平头，一条半干的白毛巾垂挂颈子。摊位卖的是土虱汤、干面、切卤菜。摊车旁左右各立一张木桌，靠近老板煮面的汤锅那侧，窄小桌面上摆着一个铁质大茶筒，筒身周围摆满四五十个金色小茶壶，装的是药酒。近老板娘那侧的长桌器具繁多，有铁制的蒸箱，高高几层抽屉拉开冒出轰热水蒸气，是小瓮装的药炖土虱，蒸箱旁小折叠桌安放有绿纱网的小橱柜，里面分上下三层，盛放猪头皮、卤大肠、豆干等干卤味。

老板娘，大家都喊嫂子，负责端汤、切菜、打包、收账，
也负责让人赊账，一块硬纸板夹在摊车遮雨棚边缘，熟客或
奥客，钱给多了或给少了，她逐一用原子笔悄悄记上。

老板身上看不见刺青，我总觉得像他这样的人不可能没
有，但就是没看见，我曾在大伙酒酣耳热快收摊之际见过老
板打着赤膊，皮肤白得吓人，然没有刺青。倒是右手小指不
见了，只留下一小截像被砍断的树根，提醒人那儿曾经有过
称之为小指的物体，虽然没有小指，老板做起事来比一般人
更利落。那时我暂居情人 L 住处，在台中市郊，每个星期总

有一两天，他会带我去那个面摊，就像都市的人们泡咖啡馆，L一走近那儿，人人都认识他。

仔细一看，L与老板颇有神似之处，都是长相清俊却面露凶光，嘴唇都被槟榔染红，却没有邋遢相，老板个子更高大，站在摊车棚子下几乎得拱着背，L有个刺青，刺在右手腕上，一颗心被箭刺穿，很令人懊恼地不是什么有气势的图腾。L一到，老板娘会自动送上几盘小菜，片得很薄的猪耳朵、片成丝的卤豆干、海带丝，简直像刀法炫技，什么都要切成薄片细丝，是老板为L喜好而特制。

小菜送上，金色药酒就送来两壶，紧接着上来土虱汤是我喝的，干面照例两碗，L总会把干面里的豆芽菜夹给我，痛风不能吃。不一会，根本没相约的朋友陆续到了，切成正常大小的卤菜再上来三大盘，小金壶一人一壶，这时年纪辈分小的几个小弟分别去买槟榔、提酒，不识相的有人买来咸酥鸡，或者骑摩托车把女朋友也带过来。

桌面满满都是杯盘，很快盘子就空了，有时续菜，有时续酒，有时争吵，有时打闹，人陆续来，陆续走，总维持七八个。L跟老板都沉默，老板娘会倒凉水给我喝，说是她自制的清肝退火茶，她一口广东腔，但问她是不是香港人，又说不是，她不爱提自己，喜欢问我话。男人们在一旁喝酒谈天，我会去帮她端卤菜，一到桌前就停下来说话，她说老板在自家后院挖了个大池子养土虱，其实她很怕这些黑溜溜的玩意，得杀，院子里都是血，每天早晚她都拜佛。我问她老板的小指怎了，她压低声音告诉我："这个他连我也不说，反正一定跟女人有关。"L对我摇手，想是暗示不要我多话，我找个话题空当转回我们那桌，一落坐，大伙仍在吃吃喝喝，L在桌下捏着我的手，用手指在我掌心写着，走。无论我们待多久，照例都是L埋单。离开摊位前，L会过去跟老板打招呼，我拿着他的皮夹去埋单，老板会用力拍一下L的背，像是生气似的说："骑卡慢勒啦！"L回他一拳敲在肩上，之后我们跨上摩托车，窜进了黑街里。

兄弟们的丝瓜豆签汤

　　与 L 同住的那段日子，是从自己的现实里出逃至他人的生活，人生里的长假，知年岁却没有时间感。公元一九九九年，我快三十岁了，但心态还像孩子一样。完全没有厨艺可言的我，有时也会下厨，都是煮面。L 在塑胶工厂上班，工厂按日计酬，一日一千五，订单多时连着一个月加班不放假；订单少，有时只上十天班。没班的日子，L 便跟朋友去搭鹰架，工头是大黑个，阿美族与外省人之子，闽南语一级棒，为人极豪气，他手下七八个工人，跟他到处跑，无论 L 有没有跟他们同班出工，他们时常到家里来晚餐。

　　夏天傍晚，六点天还没黑，远远就听见人声嘈杂，听见

老爷卡车噗噗的旧引擎艰难地喘气，车子停在院子外，没打一声招呼就推门进来，"嫂子我们饿了。"家里简直成了水泊梁山。

我不知道自己来到此处之前，这屋里可有住着其他嫂子，因为以我的厨艺与体能，要喂饱这一群饥饿的工人，根本不可能。最简单的方法是请他们下工就从街上打便当回来，但他们偏偏不这样，我听他们进门了，就拎着钱包从后门走出，五分钟路程，到一个小杂货店，买两大包家庭号面条，三个沙丁鱼罐头，如果冰箱里还有葱姜蒜，就再买一斤鸡蛋。冰箱堆满 L 在市场卖菜的结拜每日送来的蔬菜，我只需再买两瓶清酒，一瓶高粱，小快步跑回家。

"嫂子，吃面容易饿啊！"一定有某个黑胖的白目小子会这么说。工头大黑便往后脑勺抢他一掌："有的吃就偷笑了。"

我只会煮大锅汤面，就是煎鸡蛋配上沙丁鱼跟葱姜先炒过做配料，放一旁等着，煮一大锅滚水放进面条与高丽菜，面熟之后再把配料放进去，非常简单的做法。L喜欢这样吃，当然若我能做五菜两汤他可能更爱，但他没要求，我煮了汤面，院子里摆张锯短了腿的大红桌，塑胶板凳一人一张，椅子若不够，就往外头的机车、院子里的石头、围墙的红砖，有啥坐啥，家里能用的碗筷全拿来，大铁勺捞面，一碗一碗简直喝水似的，没一会大锅见底，感觉大伙其实都还饿，才刚点开了胃口。

我到这院子里时丝瓜藤还嫩绿，忽然丝瓜茂盛都可以收成了，L拿镰刀去割，说起以前南部老家都煮豆签汤，大伙问什么是豆签，大黑工头说："明天我买来。"接下来的时间当然免不了谁再去买酒，碗盘都撤下，个头跟我差不多的干瘦小伙子会自告奋勇去洗碗，我也进去帮忙。"嫂子，下次煮饭吧！"他不死心地说。"等到换嫂子再说吧！"我说。

人群总是天黑还不散，得闹到夜里，终于大家都散了，我们去遛狗，我问 L "豆签"是什么，他神秘地说："明天煮了你就知道。"嘱咐我去市场买虾皮、姜丝与蛤蜊。我问他以前的嫂子都煮什么，他说："还真的勒？以前我也不认识他们，屋里有女人了大家才爱来吃。"换句话说以前这屋子没女人吗？我没再问。隔天傍晚，大家又风风火火地来了，豆签看来很像细黄的面条晒干成卷，一包四片，共买了四包，L 割下几条丝瓜，加上蛤蜊快炒，豆签在汤水中慢慢舒展成条，又是一大锅面了。

近晚的凉风里，终于不再吃沙丁鱼罐头了，丝瓜清爽蛤蜊鲜润，豆签滋味特别，尤其是 L 下厨啊，他的厨艺豪迈又细腻，过瘾！众人笑语中，L 笑得特别开朗，眼旁的皱纹密布，见我的碗空了，又起身帮我添了一碗。我想起这时节邻居伯母一定又会送来让母亲头痛的好多丝瓜，想起父母一定正在为行踪成谜的我烦恼着，我决定摇摇头不再想。豆签吃起来有一种滑溜感，锅子一下就见底了。"嫂子，明天煮饭吧。"小黑又蹭过来。"买便当吧。"我说。天色完全黑暗了，远远有灯火，像谁的眼睛。

工人中午一碗粥

夏日最热的正午，L还是骑车回家，只为喝一碗粥。

早上骑车去市场时我曾路过L工作的塑胶厂房，巨大如兽的铁皮工厂，大门洞开似嘴，即使远远望去也能感觉厂里弥漫的高温，把工人的脸都熔化，分不清谁是谁。

门口堆叠成山的塑胶布，花俏的色彩，俗丽的印染，难以想象是上百个穿着蓝色制服嚼着槟榔的工人们制作出来的。我知道其中一个人是L，他说做了三年才从备料做到压印，高温吓死人，但薪水也高，风险是被烫伤，得格外留神。"看功夫啦！"他说。

透热天，早上四小时工作后回到家头发衣服裤子全都湿透，显出他相较于身材特别窄小的头颅，发质柔软且有秃头的危险，两颊发烫还没退红衬得他皮肤太白。中午休息一小时，随便扒个便当大伙就各自找凉快处睡开了，但他总溜回家。

我大约十一点三十开始熬粥，有时会掺进一些番薯签，河堤边不知谁野种的番薯叶，菜梗撕好，用热水烫熟，放凉，酱油里拍碎一颗蒜，咸蛋洗净红土剖对半，豆腐乳用小汤匙仔细挖出完整一块，淋上些许麻油，小碟菜、大碗粥扮家家酒似的摆上客厅的茶几，他差不多就进门了。

要说这是劳动工人的午餐，谁也不相信，但他返家来，就为了这一碗粥。

租来的河堤边透天厝，说是客厅却只有一台电视和几张破椅，茶几也不知哪捡来的，玻璃上有裂痕，用胶带糊住了。他先进屋洗头脸，电扇吹凉快，等脸上潮红退了，双手捧起粥，吸哩呼噜先喝半碗，才慢条斯理拿起筷子夹菜。"好吃。"他说。其实每日菜色相同，应该称不上美味，早先我烫青菜只知加盐，蒜头酱油还是后来他嘱咐我做的。"厂里热到想吐，哪还吃得下东西？"他说，把空碗放在桌上，还用筷子细心继续把咸蛋清干净，连壳里的薄膜都挖起来吃。我注意到他手上有个红印，想来是上午又烫着，我默默进屋拿了一罐药，两根棉花棒，他也无言接过来，我听见蝉响、鸟鸣，河边道路安静得像深夜，他迟疑很久才上了药。"困吗？"我问。"我坐一下就好。"他说。

　　沙发上他刻意与我保持距离，他自言自语"热天这个才吃得下"，像耳语。来到这里我也学习一种沉默的表达，但事实上我没学会什么，我把身体轻靠向他，伸手去握他的手，他抗拒说："我身上不干净！"但我执意握他，他手心湿热，不再闪躲。我想打破沉默，却又决定还是不说为好。"太热了，"他说，"以前我都不吃午饭，傍晚饿得腿软。""现在比较好。"

　　"我有煮凉茶，等会你带去。"我说。屋子里几乎开始有点凉风了，不知是不是幻觉，我问他要不要上楼吹冷气，他神色一正，摇摇头，"躺了就不想起来了"，"现在坐在这里就不想回去上班"，他又摇头，"没志气"。

休息时间还有十分钟，他又要了一碗粥，要我加点豆腐乳，直接拌进碗里，像喝水似的一口气全喝下。"吃了才知道饿。"他说，"如果以后没有粥可以喝，要吃什么？"他把碗放下，站起来，我也站起身，随他走出门，把宝特瓶装的凉茶拿给他，他接过来，又摇摇头，望着我说："养成这种习惯真不好。"他骑上摩托车走了，频频回头挥手要我进屋。"外面热。"他大喊，我在门口站了一会，仿佛亲眼看见他走进那兽嘴里，他说得没错，养成这种习惯真不好。

卡拉 OK 与姜丝大肠

桃子姐年纪可能不比我大，只是个子高模样成熟。桃子姐是圆月 KTV 的公关，圆月 KTV 是 L 的好友林大哥三妹开的店，因此缘故，我与 L 常去圆月光顾。我对大伙的称呼一律跟着 L，他喊哥我就喊哥，他叫妹我就叫妹，唯独桃子姐，大家都喊她阿桃，我尊称她一声姐。她做的菜太好吃了，若我更大胆些，应该喊她厨神。

小小店里装潢简单，有种旧时咖啡厅的气息，当然霓虹灯闪烁，客人划拳喊酒，颇喧闹，啤酒加梅干再兑番茄汁，装进大公杯里，一桌子传来传去，我最怕绍兴的气味，同桌有人喝我都受不了。L 喜爱的是红鹤酊，来此之前我

从没听过此物，大概是清酒类的，有时也喝高粱、公卖局出的冻顶白兰地。我酒量不行，一喝就醉，于是都喝温开水柳橙汁。

我们一上桌小妹立刻送来两碟小菜，丁香炒花生、开心果，点歌本很重，我们只翻台日粤语那本，小张黄色点歌单放在桌上，我常负责帮大家写歌名歌号，拿去柜台小窗口交给放卡带的打工妹妹。

舞台后方的小走道先通过洗手间、储物间，走道尽头就是一间设备齐全的厨房，平时有欧巴桑帮忙炒饭炒菜，但大家都爱吃桃子姐做的家常菜。红烧肉、咸酥虾、炒箭笋、荫瓜竹笋鸡汤，最有名是姜丝大肠。大肠肥，姜丝辣，酸菜酸，完全是我不能下口的菜，L非常喜欢。

　　店子小员工不多，桃子与三妹跑全场，端菜、倒酒、划拳、跳恰恰、男女对唱，有时还得进厨房快炒几道菜。客人不常满座，满座了必然都是朋友，有时林大哥也去客串跑堂，我也上台男女对唱。男子汉面摊是L的咖啡馆，圆月KTV就是他的交际厅，沉默的他，来到此处却显得风趣，几杯酒下肚，还会跟小姐谈天。他是熟女杀手，谈笑间能见到他的潇洒风情，客人闹事，他还能拿张扑克脸吓唬人，店里的男女都爱他。桃子姐不算美，一张苦情长脸，惹人心揪，但她身材曼妙，有种忧伤的性感，因她性格矜持，酒客特别喜欢调戏她，遇上麻烦的客人，L会去解围。我们没出现的日子，也常接到她的求救电话。桃子姐命苦，酒客调戏她，前夫骚扰她，一肚子苦水，更苦的是，她原该跟L是一对的，年纪外形气质背景，他们都该是一对，但偏偏中间有个我。

　　假日下午，桃子姐来了，客厅坐坐，问我L去哪了，我说在楼上午睡，我去喊他吧。她幽幽说不用了，与我对看几眼，我咚咚跑上楼，说："桃子姐找你，"L在床上呆坐几秒，

16

我听见桃子姐上楼了，"你们聊，我去遛狗。"大白天遛什么狗，但我太尴尬了，不敢留屋里，河堤边走来走去，连狗都不撒尿，我就回去了。想是好奇心吧，我上了楼，房门半敞，瞥见桃子姐抱着 L 哭，L 身体直得跟僵尸似的。我又下楼了。十分钟后，桃子姐一张花脸下楼来，说声"嫂子对不起，给你们惹麻烦"，眼泪都没擦干就走了。

我没多问，傍晚 L 带我出门，摩托车上把我手抓来握在怀里，说："阿桃命苦，你别乱想。"我个性好强，没回嘴。那晚我们又去唱歌，桃子姐妆上得特别美，用心炒了好多菜，倒了白兰地来跟我赔罪，大家知道我不喝酒，她说："我先干三杯。"我一股气上来，也要喝，L 拦住说别喝，我来。算了，让他们去喝吧，我回座，竟夹起了我从不吃的姜丝大肠，老天，真是酸，酸得我眼泪都出来了。我胸口涌起酸醋，硬是吞下，酸涩，好吃。

我真希望我不在此地，让他们都得到快乐。

凉亭边烤肉会

　　路这一端是独栋的别墅，房子沿着马路边笔直往前，地下室有排窗透光，二楼架高，三楼顶整齐排着水塔，白墙红瓦，颇有点风情，但是做工粗糙。

　　这住处最佳就是景致好，前方是河边树林与远山，视野宽阔。

　　路的一面是住宅，另一端是河堤，站在堤边下望，是枯水期的河床，水在很远之处，连气味都是干枯的。

　　我们沿着陡坡下堤岸，先经过随秋风暴长的芒草，经过人家圈的小片小片菜园，接着是蜿蜒杂乱多是废弃物的土路，破轮胎、旧家具、漂流木，大包大包黑色塑胶袋堆叠，阴森森。地上看见鹅卵石，就知道河快到了，我们继续走，狗始终跟着我，扁脸朝天鼻阔嘴、短腿白身花脸，长相与配色都惹人发嘘的流浪狗，连个名字都还没有。L兀自头戴斗笠往前走，肩上披着毛巾，白色汗衫，白色衬衫，袖子卷到手肘，破旧蓝西装裤，腰上扣环印着"皮尔·卡丹"字眼的旧皮带，裤脚卷起至膝下，蓝白拖。"有水了。"他回头喊。我也看见了。站在水边，我们脱了鞋，浸水走走。

凉。

那是最好时光末尾，我们不知道好日子快到尽头了，更不知分离即将到来。

放假日午后，悠闲闲找块平滑的大石头坐，抽烟，喝水，他老是望着河水看啊看，仿佛能从河水看出宝来。"一下来河边。谁也找不到我们。"他说。"不如，我们在这里盖个房子。"我说。他说："茅屋吗？"我说："木屋茅屋都可以啊，能够遮风蔽雨就行，但一定要有桌椅啦，可以喝酒。"他将我抱在膝盖上。"谁都找不到。"他又说。对。清静。

那个周日他就下地了，还是旧日装备，脱去衬衫，扛着锄头，我背着两壶凉水，狗一会跟他一会跟我，我们仨就去河边了。整地就花了一整天，他把挖出来的大石头先垒成堆，我就在石堆上坐，"明天你别跟了，热！"那时八月了，还是热啊，他的白脸热成艳红，连脖子都红透，像天荒地老似的，他一埋头，就没打算抬头。

劳作至天黑，有进度，但小屋还是幻影。我们还没到家，工头一班人就开着货车来了，说是要去唱歌，L说累了不跟，工头问："大哥下午怎了，脸好红？"L脸皮薄，就说起了那茅屋。

此后，连着几日，工头伙着一班工人来了几天，有时下午，有时傍晚，砍竹子、刈芒草、搬石头，扎铁工人的技术啊，小茅屋根本不是问题，卖菜的阿麟也来了。我们的河边小屋已成兄弟们口中的"爱的小屋"，听说大哥要给嫂子盖茅屋，谁都要来凑上一脚，有人说，墙壁最好都用酒瓶堆起，光透进来多漂亮，于是讨论要用什么酒瓶，绍兴？白鹤酊？啤酒？高粱？有人说做成凉亭比较好，这里热啊。"那冬天怎么办？"于是就将受风的一面空着，另外三面以茅草细竹编成片，片片叠起，既透光，又保暖。"下雨怎办？"芒草顶是最先盖起来的，那日大家伙醉醺醺，已经在闹庆祝了，工头说拿张大遮雨棚包起来，什么雨也不怕。

石桌是两三个人去远处滚过来的，石椅有三张，另外几截树头当木椅。他们忙着这些时，L已经开始种植，插上丝瓜，撒了芒果、荔枝、龙眼，都是种子，阿麟运来菜苗，一一仔细分布，地越占越宽，两周后小屋完成。

又一周，丝瓜逐渐爬藤了，凉亭简直成了景点，我就不去啦。

只有少数假日午后，趁着阳光大，我们趁着没人看见幽会般去小屋，又热又静，汗水淋漓地亲近。又一个周末，河边来了二十几个人，阿麟主办烤肉会，连发电机卡拉OK都搬来，街上男人女人大人小孩都来参观，L的妹妹与弟弟也来了，是我第一次与他家人接触。那是河边最热闹的一天，我趁着要买酒的机会回到屋里去，一回头他也跟来了。"好累，"他说，"跟菜市场一样，""去到哪都躲不了了。"他说。我握着冰水的杯子放在他额头。"把凉亭让给他们，屋子就是我们的，"我说，"我只想要跟你安静。"他抓着我的手，冰水都融化了。

话还没说完，门外有人已经大喊着："嫂子，酒啊！"

芋头番薯的牛肉面

夏天快结束了，起风的河堤边上，我或是骑着摩托车、脚踏车，或步行，身边或是牵着狗，或是与L同行。水泥地，笔直往前，左手边一望就是坡度落差很大的坡堤，我来来回回地走，仿佛也无法走出那条笔直的路，正如这个季节我的来到，像夏天最热的浪席卷，晕忽了头脑。

浪子回头，从良不易，L守着他的堤边别墅，像守着一种贞操，他在塑胶工厂做工，热啊累啊，心安理得，但他总跟我说："我要找个小摊子卖牛肉面。"我问他什么样的摊子，他像是已在脑中擘画许久，说，凉亭下，骑楼角，还是租个小店面，不用大，买辆二手摊车、快速炉、大铁锅，摆几张折叠桌，就可以营业了。

"卖小菜吗？"我问。他点点头："豆干、卤蛋、花生，就三种。""那卖不卖酒？"我又问。他猛摇头："不卖。""连啤酒也不卖？"他猛点头："不卖。""汽水卖不卖？"我闹他似的问。他认真想了想："卖苹果西打，玻璃瓶装的，那个最好喝。""不卖可口可乐啊！"我问。"小孩子才喝那个！"他说。"所以不做小孩生意啰！"我逗他。他还没察觉出我的玩笑，皱着眉认真地思考："当然做啊，但还不是大人付钱。""那卖养乐多好了，帮助消化，可以再来一碗。"我促狭地说。他终于发觉了我的捉弄之意，正色说："我是认真的。"

　　"那万一你朋友来了怎么办？"我问。"又不要让人知道我开店了。"他说。"那卖菜阿麟总会知道吧，他是你换帖的，你不通知他吗？"我问。"唉，算了。"他沉默了。卖牛肉面的话题就到这里结束。

"去吃牛肉面！"他说。我拿了外套，他穿上夹克，顺手拿上安全帽，就出门去。秋天的风与夕阳，将马路吹晒成金，我的洋装裙摆被风吹起，他伸手按住飘飘之物，像捕捉一只蝴蝶。"你看你大腿都露出来了。"他说。"什么？听不见？"我把头凑向前大喊着。"小心坐好啦！"他按住我的腿，就怕我跌下车。

终于离开河堤，一路不停，穿过市郊，进入台中市，沿途都是回家的人潮，我们与人潮逆反，跨过那条分界的桥。小店在南屯，真就是个寻常小店，就像他描述的那样，老板是个外省人，据说也是帮派斩了手指硬退下来，店里就他一人忙前忙后，黄牛肉面，红烧，面条分粗细，口味却是台式的。小菜有许多种，切成细丝的豆干浇上点麻油拌香、皮蛋豆腐、台式泡菜、海带丝拌红萝卜丝，一定要有的就是凉拌小黄瓜。

生意不顶好，但座位也有五分满。老板高头大马，肩上露出一个圆形的刺青，好像被药水洗过,褪得只剩下青青一片,看不清图案，五十岁左右的男人，"面好啰！"一出声能把鸟吓飞。

L说，老板的手艺是跑路时跟一个本省阿伯学的，连闽南语也跟他学，"哇系，芋头番薯啦！"L模仿老板的语调，我笑了。

牛肉面真好吃。冰箱里果然有苹果西打，也有麦根沙士，还有七喜汽水、番茄汁、芭乐汁、玻璃瓶装台湾啤酒，我想老板的师父可能是总铺师，专办流水席的吧。

我们吃饱喝足，起身回程，飞扬路途上，裙摆飘飘。L好像吹着口哨，我也哼起歌来，感觉L似乎沉醉梦想中，好像将来必然会有这样一家安静的小店，可以像这个男人一样，学习一种语言，获得一种手艺，把人生再活一次。

地震时期的菜饭便当

　　L 的卧室在二楼，靠院子的边间。窗帘是他从工厂拿回来的塑胶花布制成，两坪半的空间，塞满租屋时附加的成套家具，看来是早些年流行的嫁妆款式。床头柜上有近一公尺高的橱柜贴墙，区隔成大小几个小柜，都带有玻璃小门，柜壁贴着镜子，不知是何用途。L 在柜子大格里摆了只白色玩具熊，几本《读者文摘》之类的赠书，其余空格别无他物。柜子上方的墙上挂着一张沙龙照，就像寻常夫妻卧房会放置的结婚照，装着木头鎏金的厚重画框，照片似乎经过油画处理，与一般婚纱照不同的是，照片里只有他一人，他身着我从未见过的西装衬衫，领带是红色的，梳着油头，眉清目秀，但可见已有些年龄，他垂着肩，似笑非笑的，目光侧望远方，背景是照相馆常见的布景，不是沙滩椰子树影，却是一座书柜，连书也像是假的。

那真是张令人悲伤的照片，仿佛显示了他一生的缩影。起初我认为那是他之前婚姻时婚照中的独照，但，第一段婚姻他还年少，第二段婚姻是场噩梦。想来，这是在他孤独的单身生活里不知为何拍下的，像是提醒自己永远会孤独。照片里有着孤芳自赏，有着不合时宜，有着与他倨傲外表全然不同的，对平凡幸福的渴望。

一九九九年"九二一"地震发生时，那张沙龙照跌下来，L扑身向我挡住了它。天地摇动中，我在朦胧里醒来，他拉着我往楼下跑，我说等等我换衣服，我们在余震中跑回去加外套，他穿了一件皮夹克，我穿了长裤与外套。继续的余震里有更多东西掉落，我们下到一楼,他去厨房抱了一瓶高粱酒，拉着我冲出门外。堤防上挤满了人，我听见消防车，四周全黑，整个区域大停电，所有亮光处都是着火源，远远听见市区那边的爆炸声音，汽笛持续鸣响，远远的哀鸣声，像噩梦。

当晚余震不断，邻居都说要去睡学校操场，朋友也轮流来劝我们，我说想回房睡，L 严正地说不行。那晚我们睡在车子里，无法成眠，脑子里还是那不可思议的摇晃感，那些如蛋糕般竟就这么歪倒了的房子，路人脸上梦游者的神情。电力一直没有恢复，第二天白天我们开车到处去巡，他说要找朋友，发现工厂倒塌时，他的神情非常黯淡，厂房再过去，一整排平房全矮了半层楼，商店都关门了。午饭是朋友带来的几个面包，大家都很激动，那时广播已经报出灾情，我们居住的大里区也是重灾区。他在五年前脱离所谓江湖生活，来此定居，从工人做起，虽然每日仍免不了酒摊，但生活里再没有赌场围事索债斗殴，是他所谓像动物一样的劳动，像一般人简单吃喝的平静生活，那个熔炉一般的工厂曾经烧灼他的身体，使他痛苦，但如今连那个都失去了。所幸我们房子安好，只摔破一个空酒瓶，是重灾区里少有的幸运。

我们隔着车窗在或半毁或全毁的街道上，车身静慢往前，我感受着他没说出的彷徨，一如车窗外晃荡的人群。

入夜后，家里来了几个朋友，就围坐在河堤边抽烟喝酒，有人上街找到最后一家还开门的自助餐，点着蜡烛卖便当，没有主菜，只有白饭跟三个炒菜。拿到便当时，月亮已经升起了，无法照亮所有的淡淡月光，映着饥饿难耐的我们，闷着头用塑胶汤匙挖着饭盒里的菜与饭，我几乎看不见自己吃了什么，似乎有竹笋炒蛋，卤白菜，豆干肉丝，我眼睛泛出泪来。"太好吃了。"我对他说，他大眼圆睁，一径点头。

冷风吹来，空气里还有瓦斯泄漏的臭味。

清晨的沙茶鱿鱼羹

　　一九九五年，有过那么一段时间，热恋像苦战，夜里出奔，清晨归返，上演"我俩没有明天"的急切悲伤。L开一辆白色福特，车壳撞得伤痕累累，感觉他脸上也都是外表看不见的伤，仿佛一夜被苦恋深刻的皱纹，苍白皮肤上的黑眼圈，火红的双眼，我似乎看见他，也似乎看不见，深夜里狂飙破车在马路上疾驶，感觉车体都要爆裂飞散。"这是最后一次见面。"我们呢喃着，立即又对自己说出的话语感到懊悔，他把车子开得更快，我在车里号叫："停下来，我不想死。"

　　为什么把日子过成那样，还是无法证明相爱，也无法使对方快乐，好像可以挽救对方于绝望之中，却又将彼此带进内心的核爆。那是年轻的我还无法理解的事物,但日子兜转着,爱欲之火烧灼过的身体, 也有吃喝拉撒的需要。

　　是那样的清晨,赶着爸妈起床前花去四十分钟送我回家。街道蒙蒙亮起,迎面而来是扫街的清道夫、送报生、送羊奶的妈妈、缩着尾巴的野狗,与满载蔬菜鱼货鸡鸭穿越市场成列的大货车,他把车停在市场边。"带你去吃点东西。"他拉我的手,手心像握着炭,彻夜不眠的我们,为这一次的见面痛苦欢欣,又对即将到来的离别预先悲伤。"再怎么难过也得吃。"我说。"跟我在一起只有痛苦吗? "他恨恨地说。

市场边的骑楼下，卖消夜的面摊从晚上八点卖到早上八点，沙茶鱿鱼羹与烫鱿鱼，清羹或羹面，吃的都是鱿鱼的鲜。

大清早谁吃羹面当早餐呢？除了我们也还有旁人，市场里的小贩，或者如我们这样刚穿过黑暗彻夜不眠的男女。摊子上有三个人把持，男人煮面，女人盛盘，另有一年轻小子专门切烫鱿鱼，男人放一小把黄面烫熟捞起，可以换成冬粉或米粉，当然也可以只吃羹汤。女人接手，小小瓷碗先躺着面条，一旁大锅滚着的汤汁淋下，羹汤勾芡得浓淡刚好，非常烫口，切好的鱿鱼铺上，放几片九层塔，浇上一小勺黑醋，小汤匙沙茶，吃蒜不吃蒜，加辣不加辣，就由人了。我们通常点两碗羹面，再烫一盘鱿鱼，蘸上酱油哇沙咪，清晨寒风中，吃得鼻涕都快流下了。

只有那样家常的摊子前，我们的热切与无望都镇定下来，谈谈天，聊聊现实里的发生。吸哩呼噜吃面的同时，感到一种安心的快乐。有时他把鱿鱼夹给我，有时我为他把酱汁搅匀，有时我们再合吃一碗，头脸靠得近些，可以感受到彼此的鼻息与口腔里的食物气味。那与激狂热爱的

时刻不同，我们之间甚至有种夫妻的熟稔气氛，深夜灌下的酒精，已经从体内发散了，凌晨转往早晨，即将进入新的一天。有时他甚至会微笑地谈起生活里的点滴，他不再咒骂我的无情，我不再埋怨他退缩，我们之间，除了热腾的吃食，没有其他阻拦。

　　一顿小面吃得热泪盈眶，未来好似可以这么继续，犹如我们还有未来，无须现在告别。当瓷盘瓷碗里的食物都净空，他站起身来结账，挽着我的手走向停靠一旁的汽车，现实慢慢回来了，如清晨的雾，如早上的露珠，人生如梦，这一天开始，我们的一夜结束了。

幸福小吃店

　　像是要赶赴什么人的约会，恰似朋友就在街角的咖啡店等候，我精心打扮，脸上抹有胭脂，提着小包，穿公园过马路，等红绿灯时，突然有人拽住我的衣袖，拉着我往一旁走，是 L。"去哪了，找了你好久好久。"他不由分说拉着我上了摩托车，徜徉而去。这是哪儿，何时，何地呢？风呼呼地吹，他穿的短身窄版皮衣，肩头部分已经磨损，我没戴安全帽，心里正着慌警察来追，忽然地头上就多了一顶白色安全帽，很轻，蛋壳似的。我记得那帽子，是他搭鹰架的工程帽，一日下午他在院子里拿白色多乐士喷漆嘶嘶将帽子由橙转白，如同许多他得意而奇怪的杰作。我衣衫单薄，被风穿透，洋装裙摆飞扬，他的左手掠过我因风而裸裎的腿，皮肤起了细细的疙瘩。

　　似无尽头的马路两端从林立的商店、骑楼、路树逐渐变得景物单薄，如乡间小镇寥落的景色。摩托车噗噗的引擎声，排气管喷出的剧烈白烟，路旁有几个老人像冻结似的，手上的动作都停住，只是端详着我们，我意识到那些注目的眼光，脸一羞臊闭上了眼睛。他突然煞车，在一街边角的骑楼前停住。

　　"回家了。"他说。

　　忽地是黄昏啦，热闹市声喧哗人群，街灯如花一朵朵亮起来，他拉着我，不用勉强我也会移动脚步，因着周围闹市华灯初上的气氛，我似乎决定由他带着，尽管还有人在另处等着我。

抬头我就看见那家店招，白色帆布手绘的旗帜，丑丑的字体写着"幸福小吃店"，一路上邻家的皮鞋行、杂货店、卖豆花的小贩，许多男女都与他寒暄。我们停驻于一间狭窄的店面，存立于同样狭窄的几家商店中间，门大敞，门前的煮面台大烟热火，有个绑着头巾白脸素颜的女人正忙活。他引我沿着台车旁窄小走道穿过，面车、不锈钢流理台、卤味橱柜、瓦斯炉、两口锅，前台料理区布置得井井有条，蔬菜、面食、热炒、炖汤，各种馨香味融合成几乎有形状的气味云雾，阵阵飘散。内间并不宽敞，座位区都是方木桌配板凳，桌上有筷筒、辣椒酱、黑白醋与酱油、胡椒，十来张桌子，零星坐着客人，墙上整齐贴着红底黑字的菜单，古旧的风景老月历，墙上有点不协调地挂着吉他与草帽，我们往前走时，擦身而过的是肩上披着毛巾店小二打扮的矮个男人，我想起那是小黑。

那是店铺后方一间充作卧房的小隔间，没有门，只用一条花布帘做区隔。屋里设备简陋，有单人床、小圆桌，铁钉拉着粗铁丝做挂杆吊着几件衣服，墙角的啤酒箱上放着一台

小电视，简陋得像是学徒的房间。

"这些年你到底去哪了？"他颓然坐在床铺上，弹簧发出吱嘎声响。"阿哥！"有人外头喊着。"怎么样都找不到你。"他继续说。

他点了一根烟递给我，我摇摇手说："已经戒烟了。"

那时我才意识到这是一场梦，我离开他已经十多年过去，而我压抑着惊讶仍旧装作不知情，因为悲伤地知道唯有在梦里才能见着他，我期盼没有任何人来打乱这个梦。他不知这是梦，也不知我们已成过去，眼前只是幻影，他什么也不知道，只是开心地说："我的店都开张了，就等你来。"

"有老板娘啊，幸福小吃店，很好的名字。"我说。是桃子姐吗？或者是任何一个如桃子姐那样贤惠的好女人。

"没有你我不会幸福。"他说。"有我你会更不幸的。"我说。

像是要抓住梦境最后的余光，使之无限延长，他用力抱住了我。"就待在这里好吗？"他说。我说："我们就待在这里。"外面有急急的脚步声，我望着他，脸上像是泡沫即将破裂被撑到最涨最饱满时，透着薄脆七彩的光。我慢慢闭上眼睛，感受着那根本不存在，却无比真实的、穿透时空而来的、稀微的幸福。

II 悲恋的公路

过量地爱人，过量地养狗，
过量地饮食，过量地享乐。
我们在客厅的地板上并躺，
觉得生命悠晃轻盈，
很久没这么简单地快乐过了。

把妹水饺

听见敲门声我走下楼开门，C 就站在门口。一九九六年夏天，我快要出书了，C 是我少年时期最重要的朋友，女生男相，从小就是漂撇少年郎，处处受到女性青睐，是个风流人物。升上大学那年暑假之后，我们超过四年没联系，那时我在乡下老家住，重逢后她天天往我家里跑，我们很快就成了恋人。初尝女女爱恋滋味。

"我包水饺给你们吃。"电话里她这么说，不多久就提着材料来到我家。老家的厨房在一楼，爸妈睡得晚起得迟，C 已经在厨房洗洗切切，我在旁东问西问，她一脸严肃，煞有其事。

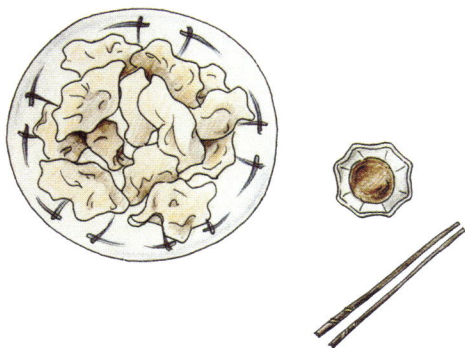

　　水饺皮是买现成，猪肉高丽菜都请小贩剁碎，她切细红萝卜、木耳、葱花配料等，说还要做"酸辣汤"。看C的手法利落，以她的性格应该不会下厨，但毕竟分别多年，说不定她已学会一身厨艺。材料准备好，我们就到二楼去包水饺。那时父母都起床了，因为是小时候的朋友，家人都熟，大家都自在。小学、初中、高中，每个人生阶段多少都与她有关。她自小就像个男孩，而如今更像是个男人了，个子小身材壮，眉毛疏淡，五官大气，带着金框细边小圆眼镜，身着花衬衫，白色西装裤，休闲鞋，很台的造型，她闽南语说得道地，使得国语带有闽南语腔调，但她却是眷村长大的。

　　C开车，墨绿色思域 1600 轿车，养四条沙皮狗，抽烟，喝酒，分别后这几年她一直在做电动玩具业务，动作举止豪迈潇洒。

最初的日子她总是开车带我四处跑，无非吃喝玩乐，后车厢放着钓竿，随时都可下车钓鱼，倘若无溪无河，市区里，她就带我去钓虾场。C的手不大，舀馅包饺子的动作相当利落。"你怎么变得这么会煮菜？"我问她。"我只会包水饺啦！"她豪爽地说，"但是我的水饺很好吃。"她相当有自信。我们家几乎不曾包过水饺，一来母亲手艺不好，二来我们少吃面食，餐桌上有水饺是稀奇的事。那些胖大肥润的水饺，真是好吃，酸辣汤料多味美，又酸又辣，母亲要在蘸酱里放大蒜，父亲要加白醋，C都设想周到，一顿饭下来，她便掳获我父母的心。

就此，她几乎就住进我家了，家里习惯是父亲上街买菜，母亲煮一顿三菜一汤的午饭，可以吃两顿。C手脚麻利，意志坚强，到我家没几日她便买了食谱，清早上市场，花两三个小时学习家常菜，起初还要母亲帮忙，一星期不到，她的厨艺已经比母亲更佳。那一切真魔幻，我仍在适应分别多年彼此的不同，她却已经变成我家的一分子。彼时我虽然住在家里，却只顾着关在顶楼小房间写小说，我正在谈一个艰难的恋爱，身心俱疲，C的出现，我像溺水之人立刻抓住。父母对我的一切都无法掌握，担心又不敢过问，C 让他们像是有了可以依靠的对象，她比我还像女儿，而且她能管住我。那些日子，我跟着她开车四处收账，电动玩具闽南语叫作麻仔台，赌钱的，她把机台放在槟榔摊，水果店，甚至还放在一间宫庙里，每月去开台几次。好时机的日子，月收入能破十万，生意不好也有个三四万，造就她无所事事的生活方式。时机渐败，到我跟她在一起时，常去的店只剩下阿秋槟榔与沙鹿宫庙。

阿秋槟榔，生意时好时坏，常被破台，机器容易故障，C 每次修理机台都会大汗小汗滴满地，阿秋就赶紧拿出伯朗咖啡给她喝，C 不吃槟榔，但离开时总不忘买一百元的饮料。沙鹿的庙祝阿公每次都要 C 帮忙写陈情书，抗议多年前他与某人的金钱纠纷，陈情书每月都要修改，无效的陈情像是写给旧时光的情书，毫无回音，内容连我都会背诵。父母去摆摊的夜晚，我们在客厅的地板上并躺，觉得生命悠晃轻盈，我很久没这么简单地快乐了。"再做一次水饺给我吃。"我在她怀里撒娇，她点头说好，小狗在我们身旁围绕，大理石地板冰凉。"有家好幸福，"她说，"我要给你一个家。"

放浪人生啤酒虾

　　C做什么事都是过量的，过量地爱人，过量地养狗，过量地饮食，过量地享乐。她每日抽两包烟，喝四瓶伯朗咖啡，六瓶台湾啤酒，她不吃蔬菜，喜欢海鲜，能一口气吃掉一斤虾子，螃蟹更是她的最爱，大辣大咸，人生活得过瘾，她却说空洞。空闲时我常跟她去钓虾，她能长时间在池边一坐几小时，钓的是泰国虾，空大场子里，深深大池几窟，客人零落，看她装饵垂钓，等待上钩，于我全然是陌生有趣之事，但没几次就感到无聊了。我也陪她去过海钓场，露天场地，水泥池子里肥鱼窜动，晒得头晕，C说，还是溪钓好。

　　有时她就把朋友约来钓虾场，一个黑个男生叫阿德，一

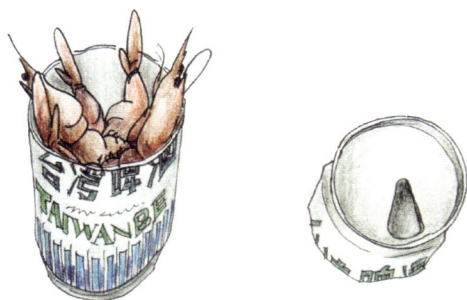

个长腿美人叫小乔,都是以前做电玩的同事,后来各自发展,
阿德在做业务,小乔卖保险。钓虾场池子旁就有烤肉架,常
见男人带着女人,带着小孩,甚至连茭白笋都自备,有吃有玩,
钓虾场也成了烤肉处。我是新朋友,看他们三人有说有笑谈
往事,朋友们丝毫不知我与她的情人关系,无所谓。C 爱吃
虾,自己钓起的新鲜更好,她最喜欢吃泰国虾头里烤熟的
虾脑,说颇有蟹黄滋味。钓虾时也爱一边喝啤酒,交代我
铝罐不能丢,虾分一半火烤着配酒吃,剩余的带回家,夜
里她会用刀把铝罐从中割开,分成上下两段,下端塞进四尾
虾子,加上大蒜、辣椒、盐巴,再把盖子盖起,这么装上
几罐,放进锅子里蒸。所谓"啤酒虾",指的是容器,加不

加啤酒随意，外面没得卖的。蒸熟后用夹子夹起，小心将上盖掀开，虾子摆盘盛装，香气四溢，吃过的都说赞。这时她当然要再来几罐啤酒。

五专辍学后，在外生活几年，赚了不少钱，全都挥霍花光，相逢时我去她的住处，顶楼加盖铁皮屋，露台上都是房东种的盆栽，房间除了棉被衣服也没什么像样的家具。C 年轻浪荡生活里，做过酒保、娃娃机、电动玩具、帮人讨债，因为麻仔台犯了赌博罪被逮进警局两天。她还开过犬舍，租下一栋透天厝养狗，自己繁殖贩卖，但她与一般开繁殖场的人不同，她太爱狗了，自己配种，接生，后来还学会简单打针注射，屋里进门处就有紫外线消毒杀菌光，狗粮都是吃最高级品牌，整栋屋里让狗自由来去，严格挑选客人，像嫁女儿，没人挑走的狗一径照顾安养到老死。她笑说自己的家当就是那台车以及四条沙皮狗。我们交往初期，两只大狗陆续病死，只剩两只年轻成犬，一只叫太保，一只叫流氓，她随身携带一个床头柜，是仅有的家具。

因为家当少，她跟两条狗住进了我家。我父母原本养了小型犬，就将她的大狗关在楼下，每日早晚，父亲都带太保、流氓去村子里遛，远远看来，驾马车似的，是大狗拖着父亲跑。父亲母亲都疼爱她，把她当自家女儿（或女婿？），父母生意收摊，C常做啤酒虾给大伙吃，夜里谈天看电视，父母甚至把楼上的房间让给我们睡。夏夜里，我们也到二楼跟爸妈一起打地铺，大理石地冰凉，铺上薄棉被，四个人各自找地方躺，母亲与我总是看电影台到好晚。或许父母私下有商量，看我们日子过得散漫，成天钓虾不是办法，问C要不要摆摊卖衣服，担心她做麻仔台的不踏实，早晚要被抓进警察局，C也大方说好，她像父亲那样把货堆上轿车后座，是一套三百九的休闲服。她第一次出场是到台中西屯黄昏市场旁的空地，没租位置，货架就往路边摆，那天傍晚她回家来，哀叹说："摆了一下午，只卖出三套。"她是个认真的人，仔细跟我说明第一个客人什么样，中间有遇到警察，后来又如何。她不会吆喝，也不揽客，就一旁站着，颇有钓虾的心态。那晚我们又去了钓虾场，我细细交代做生意诀窍，她依然帅气地烤虾，切割啤酒罐。

我笑笑说："明天，我陪你一起去摆摊吧！"

糜烂的凉水摊

张眼是深夜跨入凌晨的天光，由黑转蓝，我们各自躺在轿车的前座，椅子往后放倒，为了抢占东势菜市场初三、十七休市空出的摊位，夜里就来排队，只好直接睡车上。那时真年轻，也没怎么熟睡，只能左转右翻在座位里稍微伸展，不是不累，就是睡不着。

我几乎是直接凝视着夜色变化直到清晨，只有在天色大亮时突然盹了一会，C 便喊我起床了。爸妈会喜欢 C 不是没道理的，他们都是属于"拼命三郎抢钱族"，自小我看父母摆摊赚钱，没日没夜，连睡眠都觉得荒废。C 原是个浪子，想不到一接触摆地摊一职，却也进入"金霸王电池模式"，从第一次陪她去黄昏市场，我也踏上了不归路。

我们一个能言善道，一个苦干实干，是最佳拍档，重点是我们是情侣，应该同甘共苦，如此组成了一个无坚不摧的"赚钱部队"。大学毕业之后我工作换了又换，生活朝不保夕，如今回到夜市场，父母又喜又悲，但至少看来是要赚钱了，喜的成分还是多。那时，景气尚好，我们年轻灵活，黄昏市场固定摆摊，晚上还去夜市插花，靠的是 C 的"糜烂"，我记忆中闽南语的糜烂不是颓废，反而是缠缠绵绵的坚持不懈。

　　因为没固定摊位，就找临时空位。可比找车位困难多了，C 将她的思域轿车开到夜市边，等大家摊位都摆好，我顾车，她自己去市场里绕，直绕到看见空位，就去找握场的说要插花，摊位一格多少，电灯清洁费多少，谈妥。场上摊位都摆上了，车子开不进去，C就用手推车自己推，穿过迷宫小径般的摊间小路，一车一车来回把货物货架运来，时间迟了些，总还赶得上七点的热场。铁架撑起，衣服摆上，无线电麦克风的扩大机接上，就开卖了。

我负责叫卖收钱，她负责搬货找货，合作无间，我做此事是为了她，而她是为了我，却没交集。这个在车里熬夜的场子必然是大场，没有父母罩着的某某菜市场，我们熬夜争取到一个位子，疯狂地叫卖，到哪都引人注目。

那些日子，早市、黄昏市场、夜市，哪有地点我们都找去，游击战似的，父母都眉开眼笑，说他们老了没我们这种冲劲，或许在我们身上看见他们当年。C是好女婿，我始终恍惚，但仍继续扮演乖女儿。后来我们不住家里了，在梧栖一个透天厝，二楼租我们五千元，一楼没人住。狗儿们最快乐，偌大的屋子任它们跑，我们在一楼堆货，二楼客厅简单，就是一台电视、小冰箱、拼凑的茶几矮凳，卧房里弹簧床直接放地板上，三和牌布衣橱，还有她永远的床头柜。当时朋友给了我二手电脑，练习一指神功打字写小说。

　　日子忙不迭像跑马灯，偶有闲散时，C听她阿母说大甲有妈祖绕境，竟兴起可以去摆摊的念头。就这么，我们开车早早去占位，她想得周到，一摊卖衣服，一摊卖凉水，我问她凉水哪里来，结果是去跟她开杂货店的母亲借货，阿母还亲自煮了退火的青草茶，装进大冰筒，又是夜里出发，清早摆摊，C脑子充满怪奇狂想。我不知绕境是怎回事，只见人潮慢慢涌出，朝圣的人们来了，鼓吹队来了，远远地，还看得到轿顶与翻飞的旗帜，但沿街却摆满了免费的茶水摊啊。虔诚的乡亲们沿路提供吃喝给远道来的信徒，人们眼中脑中只有圣母，哪还顾得上买新衣？那次的远征是彻底失败了，C始终不敢置信。我们疲惫不堪地等待人潮散去，才能把车子开走，后车厢里已经退冰的饮料罐匡当作响，回程的路途上，我们只好一杯一杯喝着不冰的青草茶，消退一夜未眠的热火。那时真年少，真茫然，真糜烂。C的改变太大了，她让我想起父亲，我仿佛能看见，坎坷的路在未来，已经触手可及了。温热夜风吹着我的脸，吹拂着荒唐、不安，或什么我无法形容的，脸颊湿热像是有泪滴下来。

夜市铁板烧

　　一整个冬天，因为大外套的包裹，父母亲做夜市的朋友都没发现Ｃ是女孩，直到春天脱下外套，Ｃ的丰满上围才让人惊觉她的女儿身。我们俩当然也很吃惊，她虽然自小男孩气，但还不至于被当成男人，可见摆地摊是粗重活，能把女孩变成壮汉。

　　她就像我父亲一样，沉默，勤奋，负责开车，搬运货物，是摊位上不可或缺又时常会被遗忘的存在。但是Ｃ还有另一强项，就是耐心，她能花上好长时间帮客人找货。彼时我们卖的都是一套三百九十九的休闲服，或者一套三百五三套一千的"套装"，休闲服款多，同一个款式还得分尺寸、颜色。我性子急躁，往往客人要我帮忙找"粉红色XL"我看灰色存货多又在手边方便拿，就怂恿她买灰色，说是灰色耐脏，等到货底剩下粉红色了，我又狂推销，说是粉色"衬肉"，显白。C就常一脸赞叹地看我"唬烂不打草稿"，她是老实个性，客人要什么，使命必达，无论多么刁钻、难缠、啰唆、反复的女人，她都能忍耐，或许也不是忍耐，她的天生T性使得她无论对何种年龄的女人都尊重，自然温柔耐心无限。

摊位上，我们年轻，缺钱，敢冲，不怕累，父执辈的夜市长老都围坐着嗑瓜子泡茶，只有我们这种年轻情侣档还在跑场，没租到位置的，就等插花。那些叔叔伯伯也疼爱我们，虽然总会纳闷问上一句："大学毕业也来做夜市？"但见我们如此努力，又要补上一句："读过大学的就是不一样。"

　　早晚赶场，吃喝都在市场里解决，傍晚我们在台中市西屯黄昏市场入口摆摊，三点到五点半，收摊赶着七点到丰原夜市。下午往往是客人开始散去后我才到里面的摊位买些小吃，卤鸡腿、炸鸡、葱油饼、肉羹汤，什么方便就吃什么。赶到夜市之后，先摆摊，七点多东西都布置好，我们俩轮流去吃饭。我是夜市长大的孩子，却偏不喜欢里面卖的吃食，因为从小就是"饭桶"，无米饭不欢，那些蚵仔煎、大肠面线、九十九元快炒，甚至是牛排、炒米粉，在我看来都是零食。

　　C喜欢海鲜，肉类也行，常见她每周五隔壁的牛排叫上一盘，边顾摊边吃。我是完全忍受不了那气味，每每唉声叹气，觉得油烟会把衣服弄脏，汤汤水水流得到处都是，我一边念叨，却也吃她买回来的铁板面，我不加什么黏糊糊的黑胡椒或蘑菇酱，不吃番茄酱，就是煎个荷包蛋盖在面上，当作吃炒面。
　　铁板烧开始流行时，大铁盘，青菜肉类各种搭配，一盘九十九，通常是空心菜、高丽菜、洋葱、青椒、牛猪鸡肉自选，给你一个粉红色塑胶盘，青菜随你夹。我常见有客人把菜堆得小山似的，又尖又高，觉得简直不可思议，知道当然是一家子要吃，白饭一碗五元，划算。C 也有此绝技，她说是以前做娃娃机练就出来的摆盘技巧，底部一定要摆得稳当，建筑似的堆砌盘旋而上，是老板看了都会心痛那种堆法。我说："吃不下。"她就答："你爱吃菜啊。"

她心里挂记的全是我，我却不安分要望向冒险。

摊位通常只摆一张凳子，爸妈家的就是给妈妈坐，我跟 C，当然是我坐。但我总说要去逛逛，让她可以端着那一大盘铁板烧，至少安稳坐在椅子上，慢慢吃完它，但没一会，婆婆妈妈们又来了，大伙都要找她，问这问那，她又放下盘子，躲进货车里找货了。

通灵者的油条鲜蚵

　　暑假重逢了 C，才知她也与失联多年的阿母恢复往来。当时她还在麻仔台阶段，早年离家的阿母在情人过世之后，独自在一个社区里开了小杂货店。记忆中 C 对于母亲抛夫弃子极不谅解，后来经历自己的浪荡，她却是家中第一个接纳母亲的人。C 带我去见阿母，顺便开台收账。阿母擅长利用空间，一楼平房老屋便宜租下，院子卖阳春面，前屋开杂货店，里屋还设了麻将间，另有一空房留给 C，C 把最后一台机子摆那儿，半是给母亲赚点零花，半是给自己借口去看她。住进我家之前，她也曾在那房间落脚，主要是要让阿母帮她照顾那四只沙皮狗，阿母手上有机台，有狗，不怕 C 失联。

阿母俗丽能干,矮胖个,大波浪卷发,花俏衣裳,鲜艳彩妆,
国语也能通, 她还自称能通灵, 杂货店对街有个宫庙, 才是
她常流连之处。有时我们到了, 店里没半个人, 不一会, 阿
母脸上沾有香灰地赶回来了, 说是去扶乩, C 就开骂了。她
们母女永远不合, 但谁也搁不下谁。C 在娘胎里阿母就觉得
是个男孩, 下地了还是照男孩养, 养到二三十养成了自己都
无法理解的模样, 才又频频催促她结婚:"我就不懂, 你长得
这样一表人才, 安怎不嫁人? " C 也回嘴:"知道我一表人才,
还叫我嫁人? "

　　我每见她们母女斗嘴, 都忍俊不住。一日阿母风急电掣
要我们赶回去, 说是母狗生产了, 一胎六只, 最后全夭折。

那之后阿母将四只狗全改名，流氓改成安家，太保改成阿乖，诸如此类，阿母说也该帮C改名，脾气太坏了，母女又大吵。

所谓杂货店其实东西不多，最好卖的是青草茶，近乎免本，小面摊脏乎乎的，卖些阳春面、米粉汤、卤肉饭，阿母吃素，但卖荤食赚钱不要紧。我们在院子里的矮桌上落座，阿母必然要来对我"话说从头"，定然是从她嫁入C家才十七岁啊，跟老头子语言不通，孩子一个一个出生，张口就要吃，她只好出去打工，C自小娇纵难养，宠她宠上天。"你别听她在盖。"C远远就冲过来。"都是肖话！"C大喊。阿母又开始呼天抢地，骂她顶撞不肖。

骂归骂，阿母也没忘记煮菜，C也没停下手帮忙修这修那，没一会对面宫庙的人来喊，阿母又"出任务"去了。锅子上有汤在熬，故事才说了一半，C拿起水龙头在一旁洗狗，我就拿扫把帮忙扫地，有客人来买槟榔，包叶五十，我也拿给他。社区里有个老兵，穿着汗衫短裤拖鞋，会来买烟，乡音重得听不懂，只有C能与他对话。看着他与C一老一少，我们可能都想起了她的父亲，失联的许多年里，我时常打电话到她老家打听，也是那样乡音浓重的老人，一听见她名字就骂："没

58

这人！"

　　阿母回来了，洗净手脚，继续烹煮菜肴，我们俩矮桌上落座。热饭端上来，第一道是大碗装的汤菜，只见碗公里勾了芡粉的浓汤，肥肥的鲜蚵，九层塔，阿母嗓门大，喊着："烧啊！"端上一浅碟子的油条切段，这是我没见过的菜，酥脆的油条放进蚵汤里，鲜美好吃得舌头都快吞下肚。后续还有几道菜，我都不记得了，我们被美味感动之时，阿母也来坐，筷子才刚起手，她突然问 C 说："阿母做乩童，你来扶桌头，好否？"她开始说起三太子种种，C 筷子往桌上一扔，站起来就要走。"你看啦，从小汉就这款个性！"阿母追上去。我望着她们一前一后的身影，像影子追着光，其实有几分相似，我心中悠幽难以言喻，埋头继续把那鲜蚵油条搭配着吃，夕阳落下来。

食头路

C原是浪子，一晃眼却成了最顾家的人，上山下海也愿意，我们曾有过一段悠闲时光，但忙起来她更觉充实，说是浪荡生活里，她向来渴望安定，遇见我，是个开始，感觉自己得拼，她拼了命要给我幸福。夜市摆摊赚的是劳力钱，两人四手分身乏术，不如去"食人头路"。

父亲夜市里的朋友那阵子兴起"做表仔"，白话说就是"手表寄售"。发起人是钟表摊位的阿智哥，自小失聪的他精通钟表修理，看似老实却满脑子发财梦。他白天在钟表公司上班，夜里跟老婆摆摊，大胆投资两百万，北上批来廉价手表，组柜分装，乡下店铺逐一说服，塑胶射出的圆盘模，三个一组架成座，每座可吊挂三十二或五十四只手表，与店家三七分账，一百家店等于一百个人为你贩售，生意竟给他做成了。没多久跟风大起，夜市里卖皮鞋的阿兴叔，耳聪目明，资本雄厚，又有个吃苦耐劳内外兼顾的老婆石女，他们的寄售公司火速成立，需要的就是业务，我们没钱，有的是青春，上班去。

石女老板娘名字不雅，但据说此诨名能保身。我晚睡晚起，每天近午Ｃ开车载着我到达丰原老板家的透天厝，点货搬货，准备上路。兴叔总留我们吃午饭，他长相斯文，性格风流，石女是家里开餐厅做总铺的专业手艺，孩儿两男一女都俏，石女内外兼顾，怕婆婆疼丈夫宠孩子。厨房在屋内最里间，吃饭时间菜出齐了，谁也不敢动筷子，得等到听见咚咚咚沉重脚步声，兴叔的老母亲下楼了，梳着发髻，穿着黑衣，矮小似孩童的八十几岁老人家，她一进屋，所有人都站起，老人家一一与我们打招呼，郑重地坐下，她说"吃饭"，所有人才开始动筷。石女说，老人家眼睛几年前已经看不见，却始终不愿让人知道，于是所有人都得配合演出，屋里摆设明显有"视障专用"路线，老人家一生抓权，所以把儿子养得好看无用。"幸亏我会煮菜，"石女哀怨地说，"她看我没一处好。"老人家用餐时间不长，等她离席，咚咚咚又上二楼，大伙才都轻松了。

轿车载货，一车能载十来只手表，客厅即工厂，就见石女四处奔忙，一会结账，一会出货，不时还要骂小孩管老公，她只读了小学，但账目都算得清清楚楚。当时我们俩只是业务，业绩扣除成本后获利，五五拆账，是相当划算的交易。C开车，我做助手，往中南部去，走省道、县道，挑选的都是乡下地方，当时手机还不普遍，买手表得上城镇的钟表行，我们把货物送到乡下杂货店、小文具行，买个味精还能顺便买手表，简直蔚为风潮。最初两年，阿智哥、阿兴叔两家公司都赚了钱，夜市里又有另一家做五朵花的夫妻想投资，大伙终于闹翻。

生意好啊，兴叔石女对我们都友善，听说我们没个好住处，东势镇有一刚盖好的透天厝三千块租我们，我们也欢欢喜喜迁入。入厝那日，他们家三个孩子突然出现，指定要住二楼套房，把我们赶上了三楼。那晚，石女亲自下厨，夜市的朋友都来了，房舍附近宁静，大厅大院大厨房，圆桌摆上十道菜，佛跳墙、大烘肉、竹笙鸡汤、红鲟米糕，想得到的办桌菜色都有，确实是惊人的料理。然而人潮散去，我与C在三楼的客房里，各自都有些心事，仿佛预感着与他们一家子的好情谊终将变色。

钟表街的葱油饼

　　业务生涯开始，我与 C 先是用她的思域轿车载货，后来货架改成九十公分高的亚克力柜，轿车后车厢装不下，兴叔借我们一辆裕隆货车，一周四天送货。上班不到一年，是手表寄售的黄金年代，不知道是因为利令智昏，或者道不同不相为谋，或是我父亲看出 C 的能力与志向都不该仅是给人上班，不知是石女与兴叔防着我们，或是我们也顾忌着他们，一次我们货车加错油，隔日石女突然说小货车没法借给我们了，父亲感觉对方要逼退，抢走我们已经开发的一百多家客户。父亲与 C 商量，去跟兴叔谈判，兴叔知道我们没钱，撂话说："那你们把货全买了，店家归你们。"父亲硬是标了几个会，跟朋友周转，开票展延成衣货款，筹了一百多万，把手中的

货与店家全吃下。景气好的时光,同行都换屋买房,业务扩大,谁都赚上了钱,我们是后进,好歹也有稳定客源,不怕。说不怕是假的,万事起头难,手上有客户,哪夹的货源却不知道。

"做表仔",从业务变成全职,意味着将与手表生息与共,夜市不用再跑,麻仔台全部收掉。"一百五十万啊。"我光是想到都颤抖。

事不宜迟,先安顿住家,夜市朋友介绍的透天厝离爸妈家十五分车程,月租一万一,一楼当工作间,二楼生活,三楼堆货,每层都宽敞。沙皮狗都带过来养,这是我们俩住过最大的房子了,前有车库后有庭院,附近都是稻田。租屋一落定,找人帮忙立案开公司，名义是企业社，资本额二十万，董事长是我父亲，员工就我们俩。以前给人当业务，前端作业都有人做，如今什么都得自己来，我们打听哪儿可以批货，得上台北万华，货架哪儿订购，也在台北，亚克力柜订制，订货单印制，连一条束带也得自己找厂商。最困难的部分是找手表厂商，万一货拿贵了，怎么跟别人竞争？那一日母亲特地与我们北上，怀里皮包揣着二十万现金，神情相当惶恐。我们三人找到万华大理街钟表批发市场，停好车，走进那栋楼。老实说三人都是颤抖的，隔行如隔山，一眼望去几百家小小店铺，架上墙上里里外外全都是手表，该从哪一家下手？要如何才不会被当作"潘仔"大外行？我们像过路客那样走走逛逛，先把这商场里外给摸熟吧，看哪家顺眼，还是货比三家？母亲在家一向不管事，夜市里就负责吃喝，此次慎重打扮梳妆，可看出父母亲对这次投资的重视。我一直不在状况里，而 C 一脸镇定，看得出野心勃勃，也可以想见她的肩头重担。

走逛了几家，同一款手表价差颇大。再逛，傍晚六点，饿了，我闻到葱油饼香，问母亲要不要吃，她点头，C 没搭腔，我自作主张买了三份。老屋子拐角一家小店铺，严肃近乎臭脸的老先生，面饼现揉现煎，面粉和上三星葱，香啊。等待的时间，我瞥见一家厂商，也在转角，店铺三角窗，两女一男忙活着，C来找我，也见到这家，她与母亲先进去逛，我买好饼也跟上，见他们相谈甚欢，C走来对我低语："找到了，就是这家，价钱实在，电子表同行都跟她叫货。"

我们嘴上还有葱油饼的油光，走进狭窄店铺里，墙上的挂钟，柜子里的石英表，地上成堆的电子表，有的静止有的悄然走动，我们批了一些货，公司要开张了。

时间之家

　　成立公司需要一些步骤，父亲请了代书帮忙申请公司登记，接着就是想公司名称。我与C可以自己做主，熬夜想许多，但她都要算笔画请师父看过，我父母不信鬼神，C则是将信将疑，为了赚钱壮壮胆也好。

　　新公司新气象，小型展示柜也从旧公司的黑色换成蓝色，印上新出炉的公司名称、服务电话，用以区别新旧店家，旧的柜子换货时逐一解释"公司改组名称电话都需更换"，再贴上印有新店名的黑色贴纸。"前卫"这名，也不免老土，但配上里头花花绿绿的手表，还算合宜。

　　展示柜为亚克力制品，蓝色顶盖厚十公分，周身十五公分见方的透明柜身在台北定做，一只一千八，蓝色部分四面印上白色店名，透明区可以看见里头一根塑胶轴支撑五个上下透明圆盘，由底座的蓝色圆盘转动，门片上附锁，每个转盘有十二个小孔，可以插上展示手表的 C 形架子。如此一个柜子可以放置四十八只手表，最上层是九百九十元的金属铁带成人表（通常分金银两色镀金）。这种表都是中年人喜爱的，乡下地方尤其畅销，造型为仿劳力士豪华款式，表会镶上红钻蓝钻或白钻，讲究些的镜面还会贴上"蓝宝石防刮镜面"的小贴纸。虽然不是真金真钻，老人家农作的手沧桑，不耕田了，凉亭里坐着，戴上这亮晃晃的表，有种好日子终于来了的感觉。

九百九男女一对，七百九男女一对，四百九男女一对，价钱越减款式也更简单，金银外壳还是有的，彩钻就少了，有些人对皮带表反感，有些人对金属表带过敏，总是什么都得考虑进去。第一层十二个高价表怕人偷，每个都要用束带锁在 C 形架上，客人要试戴就得把束带剪下来。"表带太长怎么办？"老板总是问。我们发明出补贴五十元请到钟表店修剪，或者一通电话我们路过时到店家服务。新成立的公司啊，资金少人员不足，靠的就是勤快。

　　C 很快学会许多修理技能，车上家里有两个工具箱，里头密密麻麻都是小螺丝、小钻、小电池、小机芯。她可以自己换电池，剪表带，到后来连玻璃镜面都会换，镶钻掉落她也能照样补上，厂商那儿要来买来各种工具，连夹在眼眶上的单眼放大镜都有了，机芯故障也能拆下来换新。以前在公司时故障手表总是一大箱寄到台北维修，修理费用就不知花掉多少，到 C 手上，能修好一大半。

　　展示柜第二层还是男女对表，不知怎的，其实大表并非只有男人买，买小表也不代表就是女人家，但是架子上两大或两小就是不好看，所以无论客人是否成双成对买，我们还是习惯这么摆，任君选择。

标价四百九十元是大宗销量的皮带表，表款多为圆形，依款式看来主诉客群应为二十至四十岁的成年男女，所以款式造型多倾向保守传统，金属表框，皮质表带，简单大方。标价三百九十元的则介于新潮与保守之间，端看时下流行什么而定。

第三层则是主打电子表，从最高价五百九、四百九到三百九。电子表乍看都一样，黑黑一大个，有各种按钮，出自有台湾卡西欧之称的捷卡电子表，走的是运动表路线，造型多、功能足，最初只是个小灯光，后来出了蓝光、冷光，甚是还有七彩炫光，三十米潜水不够看，五十米潜水才够厉害，闹铃码表甚至连计算功能都兼附，有些款式甚至还附有简单的电玩游戏。靠着手表外形没有专利这特点，着实把卡西欧所有款式的手表都照样做出低价高品质，全盛时期每月寄来的目录手册，款式已上达数百种，得照编号来找。

第四层主打二百九十元新潮造型表，石英、电子都有，有时还有项链表、戒指表、怀表。表头有圆形、方形、三角形、水滴形、多边形，表带从七色皮质、手链、手镯，到果冻塑胶什么都有可能，就端看时下流行什么。这种表标榜生活防水，但洗澡洗脸要拿下来的，非常容易进水，但会买此类手表的人重视的多是造型，甚至买来当配件，弄坏就扔掉也不可惜。

熟悉平价手表产业我才知道一般客人最讲究的功能竟然都是"防水功能"，实际上精品高价表也不鼓励人带着洗澡，但便宜货就不能这么着。于是我们又宣告一项服务，"三百九十元以上保证防水"，意味着以下的自行负责。

最有意思也最折腾人的是最底下一层的卡通表，从二百九十元有卡通图案的皮带石英表，到一百九十元的简易电子表，还有九十九元的卡通电子表，"专门赚小孩子钱"。所谓折腾人是因为卡通电子表体积小，小玩具似的，但我们得每一只帮它校正对时。这是 C 的理论，"客人一看见时间不准就不买了"，偏就这种表特别难调整时间，得拿个小钻子从侧面的小孔再配合正面的两个小按键，调整年份、日期、时间，一整夜下来，眼花矣。

光是将这一柜的手表装置起来就得耗去不少时间，但更辛苦的其实是经过一个月，在店家那儿摆放贩售收回来的柜子。为了收换货方便，也为了让货品汰旧换新，增加款式选择，我们采取旧柜整个清算回收，换上整理好的新柜子。当然不是每只都全新的，而是带回家时，先用鸡毛掸子把柜子上的灰尘掸掉，里面旧的手表逐一拿下，用抹布沾上稳洁，先把亚克力柜整个擦干净，再用干抹布打亮，只要没有损毁，看来跟全新一样。

柜子要干净，手表更得维持洁净感。摆上个把月，表框免不了氧化，得用眼镜布沾上"碰粉"——以前人挽面专用的白色粉末——用力擦拭，可以把氧化的脏污去掉，还可增加金属壳的光泽，这是 C 最讲究的部分，也是最累人的。

外观干净了，时间校对好，因为电池都在里头走，也有电力耗光的，就得拿下来维修。男女对表一只落单了，找找看有没有配对的，找不到一样，也得找个相称的，凑合一下，又是一对佳偶。

亚克力柜上有时会粘着标签纸、透明胶带，甚至是小孩子玩的贴纸，这是清洁人员最痛苦的时刻了。先把模型胶涂抹在要去除的标价贴纸或各种标签上，待其晾干，再小心翼翼拿个小刀片不刮伤亚克力地把胶带撕下，顺利的话可以整个清除，倘若余下些许胶痕，就用去渍油加抹布擦拭。C 想出很多清洁方法，总之就是要让柜子恢复原样，清洁一整个柜子再装妥手表，手脚麻利也得三十分钟。

　　刚创业的日子里，工作真是没日没夜。白天开车出去找店家，招揽业务，定期收换货，夜里回到家，货车开进院子，我们一个一个柜子都搬到二楼，先匆匆把四只狗都喂了，柜子两个一组上下摆正，就放在电视前面。我们两人并排，备好稳洁、抹布、去渍油，已经装在 C 形架上的手表一只一只放在纸盒里方便拿取，我们就一边看电视一边清洁，偶尔聊天。那时我们还相爱，还年轻，太年轻了，身强体健还能忍耐长时间的劳碌奔波，好不容易坐下来喝杯水，手里也没忘了拿几盒电子表来调整时间。深夜里，该睡了，客厅即工厂的一片凌乱里，大狗小狗席地而睡，偶尔会因为听见电子表滴滴的闹铃抬起头来，我们的卧房就在一旁，只是一张弹簧床摆地上，衣橱是三和牌，一件像样的家具也没有，睡梦中我仿佛也能感觉到满屋子手表滴答走响。那时的梦里，时间是具象的，化为一只一只在柜子里等待出售的手表，每一只指针都指向不同方向，那些数字表跳动的字体，石英表机械细微的咔嗒声……时间在流逝，拥挤，奔腾，撞击，时间的时间从我脸上擦过，在我耳朵里响动，时间辗过我的生命留下剧烈的痕迹。

海海人生

　　小小亚克力柜空间利用妥当，就摆在收银柜台附近，方便老板开锁帮客人拿手表。小东西怕偷，"摆柜台最好了"，我们总是这么说服店家，其实另一层用意是，图个顺手之便，结账等待时间，只要眼光一瞥，移动转盘，说不定就看上哪只手表了，柜子要是被拿到后面货架上，就等于打入冷宫，再难翻身。就像便利商店柜台上总会摆许多小东西，这些销路最好了，上架费可能也不便宜。彼时还没有便利商店集点换 Hello Kitty 冰箱磁铁的风潮，7-11 小七也还不是那么到处都有的年代，乡镇里的杂货店、五金行、超级市场，都还是民众每日最常光顾的地方，那些地方，就是我们"寄生"之处。

我们无须付上架费，店家也不出成本，纯寄卖。最早期跑乡下小店，七五折，现金，那时还只是用个塑胶架子，把手表一只一只用束带挂上去，非常阳春的设备。往日我们在兴叔那儿上班，从台中出发，彰化、鹿港、二林、芳苑、溪湖，一路跑到四湖乡，有许多偏远地方的大型超市都是我们客户，头一两年过年简直大丰收。那时还不流行手机，每个乡镇有几家钟表行，但还不时兴这种两百九、三百九的廉价手表，那时节景气真好，老板都纯朴，也没有竞争对手，连开支票都很少，都是付现，一家几千块，一条路线十五到二十家店累积起来业绩很惊人，每次收货款都是顺利而爽快的。

　　我们最初跑的都是海线乡镇，后来也倒转到高速公路，许多我不曾听过的地名，不曾见过的风景，甚至人们说闽语的口音。在那时，工作仿佛旅行。

　　我记得口湖乡与东港哪种风里都有盐的气味，我记得彰化一地叫"番婆"，我们的店家是猪舍边的"问路站"，再小不过的一家店了，沿着曲折的小路，四周有歪倒的砖房，刚下课的女学生肩背着"番婆小学"的书包。小小一家店，五个客人就爆满，但手表生意却很好，可惜老板娘算账太吹毛求疵，退货也太多，那是比隔壁猪舍的臭味更令人却步的，后来我们终于自动下架。

　　一年后到我们自立门户时，已经有几家同行死对头，原本互不强碰的默契也已打破，看你这家店生意好，对手业务就上门了，不但压低折扣，延长票期，有些索性说服老板把我们的退掉，那段日子真是战国时期。我是公司的主要业务，这种厮杀的工作就是我来做。

　　我对做生意毫无兴趣，但天生是"生意子"，"一张嘴胡嘞嘞"，自小我只要站上生意台子，就是疯狂推销员，童年帮父母摆摊，或成年后陪 C 跑夜市，无论我喜欢不喜欢，我体内流着父母的血液，且青出于蓝更胜于蓝。在做手表业务时再度发挥无疑，总是车开着开着，眼尖的我立刻远远望见新开张的彩带花篮。"有新店。"我对 C 说，她开始减速靠边，我先下车探探，手里拿着名片，一进店里立刻张望柜台，见柜台上没有手表设柜，立刻洽询负责人。店若规模小，就找老板，若规模大些，"请问店长在吗？"或是连锁店，那么就应该找采购，层级弄错没关系，找到对的人最重要。早年总是老板老板娘站柜，我专门对付老板，C 则负责老板娘，也有碰上真正负责人是从里头请出来的老奶奶，垂帘听政。

做业务不怕碰钉子，"你好，我们是做手表寄卖的……"总是这么开头。"我们是超市不懂手表啦。"老板这么说，那你就要回答："你不用懂，只要出个位置帮我们卖就好，售后服务，一通电话就到。""故障怎么办？我们又不会修理。"通常进行到故障问题，那么大事已成一半。"新品一个月内免费换新，手表终生免费换电池，其他维修只收手续费，保证比钟表店更便宜。"这时老板半推半就，犹犹疑疑，C 已悄悄将亚克力柜拿进来，我已经在张罗位置了。"先摆摆看，真的一点也不占位置。"我把桌面上的口香糖、喉片等小玩意挪开些，硬把柜子塞进去，有结账的小女生已经开始转盘子看手表了，我顺势又跟客人介绍起手表。"老板，先让我们放一个月试试看，有什么问题我们立刻收掉，好不好？"嘴里还问好不好，手里已经拿出订货单开始填写。"那个折扣怎么算？"老板问。我知道，成交了。

若遇上才开张已经有手表设柜，心里哀叹一声"慢了"，但依然不放弃。看看是第几号对手，若是第一号专门找我们打的，二话不说名片拿下去，先挤进去再说，若是二号对手，大家偶尔强碰，非亲非敌，就事论事，就先看店的规模与生意，倘若都是强店，评估之下还是进去谈，如果规模与生意都一般，暂时放弃也可以。名片递上去，"我们已经有手表设柜了。"对方当然会这么说。我就说："客人啊，都喜欢比较，两柜放在一起，货色就齐全了，而且，有两家一起服务，大家的服务都会比较用心啦。"当然也有人会直接说："我不喜欢复杂，一家就好。"这样的店就不勉强他，还是放入口袋名单，偶尔路过还是去拜访他，遇到弱点时还可以再攻打。有些喜欢"比较"的老板，打进去容易些，但后患也无穷。首先折扣战就开始了，有时票期也要比较，最麻烦的是，有时故障品两家会搞错，别人的手表放进我们柜子里充数的也有，后来大家就发明暗号，把写有店名的小贴纸贴在手表底壳上，顺道写上二十九、三十九等价位的代号，以免到时跟店家撸不清。战国时代，大家都付出很多代价，削价竞争，使得利润下滑，成本增高，把店家胃口养坏，收现金的好日子不再了，七五折下杀到六五折开两个月支票，利润已经很薄，但这时，要退出已经太晚了。

那时，已经开始感受到债务的压力，当初开公司的现金是七拼八凑而来，标会，跟保险公司贷款，以及父亲跟成衣厂商展延三个月货款，每个月除了手表的货款，加上成衣已经展延的货款，三四十万现金都得从手表的收入来周转。我们又开始扩大业务，每增加一家店就是八千元左右的资本，但当时手表仍有利润，生意也蒸蒸日上，俗话说"头已经洗了"，除了前进没有其他办法。

于是我们发动货车，在日复一日的长途里，继续着寄售手表的买卖，轧票，付款，收账，点货，滴答钟表声运转。从二十多岁，走到三十，从相爱的一对恋人，漫长旅途，把爱情走成了事业，前途未卜，不知归期。

流水席与柠檬派

做业务员第一要能忍，忍耐长途搭车，忍耐长时间憋尿，忍耐错过吃饭时间。"忍"字底下三种功夫我都做不到，所以我跟C的搭档充满了"停车"与"下车"。我们货车从租来的透天厝开回老家，吃完母亲做的三菜一汤，从家里出发，行到路口我下车在便利商店用保温杯冲了热咖啡，C就是两罐伯朗蓝山。她开车平稳流畅，无论货车轿车，都一样舒适，上了交流道，通常会在彰化或西螺下，我们利用这时间喝咖啡，听广播里的路况与新闻，彼时我们都抽烟，车上广播里从不间断。一下交流道就有我们的店家了，整货换货收钱开票，一个月巡一次，时间不到是不用进去的，所以想上厕所得到加油站。

与石女和兴叔拆伙时我们有一百多家寄售的店铺，每家的账单与资料都放进牛皮纸信封，出发前 C 会一一按照路线排好，可能今天跑的是彰化到西螺，明天就是虎尾到北港，后天是北港嘉义新营。一条路线十到二十家店不等，她脑中简直有 GPS，省道县道乡道，田边小路，弯来转去，总难不倒她，开车认路钓鱼修理机械，连我爸都赞她一声厉害。那些日子我们不知跑过多少路了，我负责招揽厂商，她负责开车搬货。通常就是我们远远看见一家五金卖场、文具店、书店、杂货店等，就停车，我走前她走后，我先到柜台找负责人，规模小的就直接问老板在吗？规模大的店家，得透过采购、店长、经理等。无论规模大小，总是我负责去谈生意，过程里也会见到其他业务，送饮料、生活用品，业务员总是慢吞吞的，好像有无限时光可以在那儿等待，等待就是他们工作的项目之一。但我可等不了，我们是跨区域的，我们背后还有银行支票在追赶。每日除了固定的店家月巡一次，见到新开张或者遗漏的店铺还是得下车去推销，时光都在车里度过。找到新的店，谈成了寄售方法就开心，谈不成，我们总会事后检讨，是折数问题吗？最早时七五折收现金，那时日子真快活，后来开始竞争了，规模大的店家杀到六五折得开支票，月结，利润少了，真苦闷。

那日也是跑云林县，已经错过吃晚饭时间，C说："再忍忍，我们到了褒忠再去吃。"车程里经过荒凉处，我肚子饿得咕咕叫，车子一进褒忠乡，远远地就感觉到一股热闹，空气里都是烟香，到处搭棚子，办流水席，那些大菜的香味更是引得我饥饿难耐。"我一定要先吃饭。"我哀号。于是去找小吃店，一家走过一家，竟都歇息，才知道遇上做醮，所有人家都摆上筵席，哪需要卖小吃？我们梦游似的在街道上绕来绕去，终于找到一家面包店，货架上空空如也，只剩下几个黄色柠檬派，冰箱里有牛奶，我们各买了柠檬派与牛奶。那是冬天，车窗外呼呼的风，街道上弥漫饭菜香，C把车子靠边，点燃一支香烟。"对不起啦，我不知道会遇到大拜拜。"她说。其实哪里是她的错，但我捶了她一下又一下。"我不喜欢吃冷食。"委屈地说。然后拨开包装，一口咬下柠檬派，表面的奶油脆皮酸酸的，里头包的海绵蛋糕柔软，那是小时候的记忆了。可是我长大啦，旅途的饥饿、劳累，与难以言说的什么，关于生活的困顿，使我真的流下眼泪，咸的泪配上酸的派，空空的胃里降下了陌生感觉。

炒饭炒面蛤蜊汤

日复一日的送货旅途里，我们吃遍了各地的小吃。C 是工作狂，只要两瓶伯朗咖啡加上两包大卫杜夫香烟，加上一颗茶叶蛋，即可度过一日，我却是每日三餐，餐餐定时，肚里有闹钟似的，五点一到就开始自动搜寻。小吃是无法满足我的，我总得吃米饭，吃面条，即使是粗食，也要有几样配菜，才感觉有体力。

自助餐是每个乡镇必找的，可到了偏远小村庄，真不知哪儿可以找到自由打菜的小吃店，退一步，就是快炒店了。台湾中南部无论城市或乡村，凡是稍微热闹点的街道，都能找到这样一家"快炒店"。无论是摊位上摆满生猛海鲜的海产店，或者玻璃门上贴着红纸黑字写着"九十九元特价"，或者

干脆来个"全店一律一百元"的平价海产店，或是不标榜海鲜，而是"什么都可以炒"的炒菜专门店，有三样东西是一定吃得到，且保证便宜的，第一是肉丝炒面，第二是肉丝炒饭，第三就是蛤蜊汤。

当时生活拮据，即使进出大笔金钱，也只是过路财神，立刻要拿回家填补每个月高额的支票。无论赚多赚少，生意好坏，我们的生活一样简朴，自助餐店两人一百元的四菜一汤，小面摊两碗干面一碗汤，小菜顶多卤蛋海带豆干选两种，到了快炒店，自然什么都不炒，一人点炒面，一人点炒饭，小碗蛤蜊汤，一百五十元解决。

手艺高超的店，炒面炒饭也做得好，我甚至觉得这才是考验一个师傅手艺的关键。我曾在彰化乡间一间车库改建的小吃店吃过一盘四十元的蛋炒饭，就是青葱鸡蛋酱油，满满一盘子，无须加什么配料，酱油配上鸡蛋饭粒裹炒出恰到好处的咸香，是那种家里没菜时手艺好的妈妈随性向隔壁借两颗鸡蛋就能变出来的好料理。

C喜欢海鲜，年轻时花钱毫不手软，与我一起生活之后，扛负着经济压力，变得与我们一样俭省。为了赶时间，为了停车便利，每到一处新地点，总要开发新的吃饭小店，通常是附近就可以停车，最好座位就在门口，方便C进了店里还能探头张望装满货物的货车。快炒店的菜单经常都是写在墙上，我们像其他人那样浏览，但最后点的一定是"炒饭炒面"，甚至也不分什么"海鲜炒面，什锦炒面"或"虾仁炒饭，什锦炒饭"。那是快炒店的基本配备，给点菜的客人拿来下配菜的主食，偏远地方一盘卖五十元，市区可以卖到六十到七十，也曾误上贼船走进基本消费就是一百的店，我们含泪心痛吃着，并不觉得特别好吃。

有时我喜欢吃饭，有时喜欢吃面，因为拿不准这家店专长是什么，或者我其实两种都想吃。每到一家没去过的店，我跟 C 会下赌注似的猜测。"你先选。"她说。我选了炒面她就吃炒饭。往往她点的都比我点的好吃，于是就交换，如果两盘都差不多，就平分，如果两盘都好吃，我就多吃点。我们这种点菜方法，连一盘炒青菜都舍不得叫，小碗汤还得再分出两小碗，时常遭到店家白眼。那时我们还相爱，不顾别人怎么看，那时，真是祸福同当，苦乐同享，她总是多让我些，我就把有肉的蛤蜊都拨到她碗里。艰苦的日子里，至少还能感受到体贴。

喷水鸡肉饭

漫长送货之旅，每次上路，我们总会先选定午餐地点，许多地方没去过，就问问店家："附近有什么好吃？"那时还不会上网，也不流行网路美食搜寻，路途里靠的是一张张县市地图，以及C过人的记忆力。我是路痴，但我善认人认店头，还会认吃食。

我们俩算是最佳拍档，除掉感情上的牵扯，工作上可说是完全互补，我善外交，她善内务，我负责推销，她负责出货，漫长路途上，我还负责说笑话。一九九九年，我们的业务刚拓展到高雄屏东，还没卖到东部去，嘉义时常是我们的中继站，货车一上路，一站不停直奔嘉义，下了交流道就去买水、上洗手间、吃午餐、速食连锁店似的嘉义鸡肉饭。

对于鸡肉饭我有更美好的记忆，是准备考大学那年的暑假，高中贪玩，整个荒废，就想靠一两个月闭关来补救。那时母亲也远征到嘉义卖衣裳，我们母女俩就住在三舅家，白天我把自己关在后面仓库里读书，夜里我与母亲住前面客房。曾经被潇洒浪荡的三舅带着吃过许多美味小吃，其中一家鸡肉饭在喷水池附近。三舅总是笑说："会喷水的鸡肉饭欸。"火鸡肉丝鲜嫩，米饭香Q，上面一小撮蒜酥，淋上点鸡油，好吃得咋舌。

刚开始送货时，C曾带我与母亲去探望外公外婆。因为工作忙碌，父亲又不支持，高中毕业那年之后，母亲就鲜少回娘家，只在三舅丧礼上出现过一次。那回是久未回家，一进屋外公外婆都红了眼眶，历经沧桑的母亲长得与外婆相似，当时他们两老也已历经变故——最令人操心的三舅肝癌去世，最让人放心的五舅经商失败，连外公外婆住的老家也保不住。两个生活幽静的老人落难似的搬到小社区一楼套房，房子窄仄，但依然清幽，电视台播放着 NHK，我们陪外公看电视，外婆进厨房弄水果。

落难岁月里，我与 C 带着母亲与外公外婆出去晚餐，那天吃的是高级日本料理，外婆与母亲都豪气，外公却很孩子性，天黑就不出门，胆小，吝啬。据说他从不搭车，宁可走路，就是怕危险，但他却搭上 C 开的轿车，沿途镇定，一脸庄严。送他们到家时，他镇重地称赞了 C，说这孩子开车真稳，"座落稳当当，拢味惊。"

C 开车确实是那样的，她如此娇小，却能驾驭一台大车如使唤忠狗，那些忙碌得仿佛没有尽头的日子里，我们曾是对方最可靠的伙伴。那时年轻，尽管生命对我们严苛，她总是咬着牙苦撑。那时的我，太任性了，眼前还只能看见自己身上的委屈，看不见将来，只感觉时光如流沙从张开的双手泄漏，我嘴上不说，却埋怨她因为可靠使我走上这无岸之旅。

许多时候，我们在车上冷战，最高纪录曾长达一个月，无论我如何说话，她都不回答。那样的日子里，时间到了，她依旧开下交流道，带我去吃饭，偌大的餐厅里，人人拿着一个托盘，想吃的东西都自己拿，我点了鸡肉饭，味噌汤。因为她什么也没点，所以无法分吃一盘小菜，我干巴巴扒着饭，想起三舅说着"会喷水的欸"，那样逗趣的脸，我抬头看 C。"别生气了，"我说，"吃饭吧。"

忧郁鸡丝面

　　手表公司开张刚满两年，来不及赚大钱，我就患上忧郁症了。

　　我与 C 在乡间租赁的透天厝，屋后有一整片稻田。租屋头一年，三层楼建筑只用到一层。一楼除了车库，只当作堆积货物的通道，厨房连流理台都没用过，堆满了空纸箱；二楼一间有卫浴的主卧房，六坪大的空客厅，楼梯旁一间客用洗手间；三楼与二楼同样格局，客厅用来晾衣服，客房空着，一件家具也无。

　　彼时生活紧张混乱，这屋子的摆设完全为了工作方便。起初公司只有我们两人，难以计数的手表堆积屋内，我们一早起床就开始动手整理货物，中午开车回爸妈家吃午饭，然后就上路，一周四五天都在送货途中，剩余的日子，就变成女工忙不迭地挥动双手进行各种前置作业。二楼客厅有一张矮茶几，四张藤椅，墙角一张木桌，桌上放着电话与名片本，白天我在这里接电话，夜里，在这张小桌上算账，开发票，做一日业务的报表，夜深了，手上的活忙完，喂了狗，清扫狗大便，该带下楼遛的也遛过，沾满屎尿的报纸连同其他废弃物装进垃圾袋，拿下楼扔在门口的垃圾桶。作为公司一分子的我的一日结束了，作为小说家的我，一日正要开始，通常已经是深夜一点。我把电脑打开，刚学会用电子邮件，有几个往来通信的朋友，收信回信，打开小说档案，几乎都是才开头就作废的稿子，或许有一点邀稿，但更多时候，我抢着那点睡前时光，读书写作，与未成形的小说奋战。我已好久好久没有新作了。

初时不懂得何谓忧郁，大抵是日积月累的疲劳悲伤，终于把自己压垮了。起初是不能睡眠，后来白日也昏沉，疲惫双眼望见的世界，像笼罩着一层灰色雾霭。吃不下睡不着，每天依旧有忙不完的工作，一日醒来不想起床，硬逼着自己上车，望着车窗外，眼泪不能停止。

朋友介绍的精神科在台中市，C 每周一次带我去看诊，医生没给病名，只说我需要改变生活，做心理治疗。每周四下午的门诊是我的放风时间，小小诊间里，医生听我话说从头，仿佛只有那五十分钟，我可以不顾现实追赶，不管那些滴答走响的时间流逝，不需担心即将到期的支票。

我都不记得医生给了什么建议，只记得每天睡前一颗的抗焦虑药物，半年后减半，八个月后完全停止。

公司请了工读生，也登报寻找业务，疾病帮我争取到一周几次的私人时间，我时常骑着单车到附近闲逛，脑子从阴郁到空白，到慢慢可以开始思考。关键的那天，我骑单车到不远处的中学，那是我少女时期度过的地方，走进一家冰果店，十多年过去，老店已经换上第二代经营，还是一样卖蜜豆冰、木瓜牛奶、绿豆沙，热食有鸡丝面。我先点了一碗鸡丝面，这面是速食面，小包装拆开，卷成团的褐色面条细而脆，附上一小包冬菜与调味粉，开水泡就会熟，老板加上蛋包，撒进一把小白菜，这样的食物，就是要在冰果店里吃才会感受到美妙的滋味。我花半小时吃喝那碗汤面，又点了一杯木瓜牛奶，浓香木瓜与牛奶混合，胃里冷热交替，感觉味蕾与脑袋都苏醒，眼前突然亮起来。我不知该高兴或感伤，对抗了忧郁症，却还没解决人生的难题。

烧酒鸡与她的梦

　　卖手表的日子进入第三年，公司终于有了固定的员工，阿梅，早九晚五，负责整理内务。阿梅年方二十三，已结婚生子，娇小个子小戽斗，眼睛很秀丽，几年工厂包装作业员训练，手脚麻利，C很夸赞。阿梅的娘家就在我们社区里，这也是她应征工作的主因，她与先生小孩妹妹妹婿合租一透天厝，离我们也只有十分钟摩托车程。我没当过老板，也不知怎样用人，待她像自己妹妹。因她来上班我有了写作的余裕，我特别感激，时常要给她这给她那，不出车的日子，我也常与她说话。

　　熟稔起来，也知道她些许心事了。妹妹比她美，嫁的老公比她的老公帅，父母亲都是酒鬼，"人生没一件事顺利"。我见过她先生，矮个子大眼睛，看来忠厚，阿梅说："我们不是恋爱结婚。"我问她那是为何结婚，她闷闷说不出口，只蹦

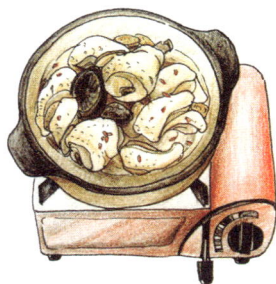

出一句"追我的人不多"。

　　年节送礼，我与Ｃ去她的住处。进入那栋透天厝，一楼当作客厅，真是家徒四壁，入口处停两辆机车，两张可以折叠的矮桌，几张塑胶椅，一旁塑胶箱上摆个卡式炉，就在那儿炒菜煮汤，两个孩子地上爬的走的，几个玩具散落。阿梅的丈夫在煮烧酒鸡，阿梅与妹妹帮忙洗菜，妹婿在照顾孩子。寒天里，没有不留下来喝一碗汤的道理，工人生活，四份收入，却也无法维持一个像样的家。阿梅说："都是爸妈害的。"两老傍着一双弟弟，屋里酒气冲天，小弟才九岁，大弟也不过刚上初中。我简直不敢相信他父母都是四十多岁壮年人，像被什么抽干了体液似的，特别干瘦矮小，脸上挂着小心翼翼的笑容，神情茫茫的，米酒从早喝到晚，也不怎么吃东西。

母亲白日里还会下厨，煮几个菜，中午时间阿梅总回父母家吃饭，有时返回公司，一脸嫌恶表情："我妈又在那儿发酒疯。"

算起来四份收入要养活十个人，老的老小的小，阿梅时常偏头痛，就到药房买止痛药。小小黑药罐，藏着她所有辛酸，我怕她上瘾，也觉得成药不可靠，她却说："喝这比喝酒好。"一罐二十元，十五分钟解除烦恼。

那日我逗着她的孩子小宝玩，这孩子结合了父母所有优点，简直是家中最漂亮的宝贝，但三岁了还不太会说话，想来也是没人好好教孩子学语。"我们最喜欢吃肉了。"阿梅说。C与阿梅的丈夫、妹婿在小桌边喝酒。所谓烧酒鸡，麻油姜片爆香，鸡肉翻炒，加上也可以害人成瘾的米酒，炖煮熟烂。阿梅家的吃法要加上满满高丽菜，碗里白饭堆得老高，用的是红色的塑胶免洗碗，免洗筷，一切都是慌乱而临时的，仿佛随时家就要溃散。简陋凌乱的客厅里，孩子牙牙学语，我们几个大人吃得热脸红腮，我几乎要醉了。那时我才二十六岁，也不过大她三岁，当我走到外头去抽烟，阿梅也跟来。"告诉你一个秘密。"她怯怯地说。"什么？"我问。"我真的很羡慕你。"她说。

天寒地冻，我们都脸红了，我感到晕眩，我是她的梦，而谁又是我的梦？

孤独的姜母鸭

台中人喜欢吃姜母鸭，一年四季，大街小巷都可见挂着红面番鸭招牌的"霸王姜母鸭"、"霸味姜母鸭"，红底黑字，不细看真分不出差别，但谁更好吃，谁才是正宗，就各有支持者了。我们跑业务吃得不讲究，倒是有些冬夜里，风尘仆仆一路赶，下了交流道，会特地绕去丰原买姜母鸭。

C对吃的讲究，也有她省钱秘招，当然就是店里买一份姜母鸭，米酒自备，连高丽菜与豆皮也到市场加买。这分量足使一家吃饱，家里就我们俩，买这么多料，自然是有客人来了。

阿德是C的旧友，以前做麻仔台的同事，后来大家转业，他工作一直不顺，交往多年的女友都分手了，有阵子落得连住处也无，就到我们家借住，公司业务正待开拓，就雇他跑北部，开发客户。阿德工作不顺利与他性格有关，脾气火爆，常与人起冲突，他又自视甚高，常觉得不受重用，无人理解。C 算是他的知音了，三楼半做仓库，另一半晾晒衣服，我们给阿德铺了张椰子床，弄个吊衣杆，凑合着住了。白日他开着车出去找店家，夜里就在客厅跟 C 喝酒。起初我们还能谅解他的牢骚，时日一久，也觉得自怜成分居多，但有吃有喝还是大家一起享用。那时屋里厨房在一楼，却连瓦斯炉也没有，就是二楼客厅附轮子的小铁柜，上面单口炉，下头摆台小瓦斯桶，烧水泡面煮汤就靠它。阿德喜欢弄吃的，当然也要自诩厨艺好，所以姜母鸭买回来都交给他，洗洗切切，米酒何时放，何时起锅，全让他做主。我们自己在家里做过，一样买回红面番鸭，切块，姜母用麻油爆香，鸭肉翻炒，全米酒不加水，只加豆皮与高丽菜，煮起来也是香，但那鸭肉口感就是不同，店里卖的是软而不烂，鸭皮略有焦香，汤头也特别甘甜。有种吃法是蘸酱里加入白色豆腐乳，但我们不爱这么吃，我光是吃高丽菜就能配上两碗饭，阿德则光是喝酒配鸭肉，C 不吃蔬菜，爱吃米血糕。

阿德业务做得并不好，因为晚出早归，没耐性，时常开着货车到处乱逛，C很不满，屋子里有个男人也不太方便。阿德似乎看不出我与C是恋人，有段时间甚至以为我与C在房间里争吵是因为他而争风吃醋，到这一步连我都忍受不了。那段日子大家都不好过，我们付不起全薪给他，算业绩他又做不出成绩，再下去连友谊都要生变。

　　一日我对阿德说了我与C的恋爱，他大梦初醒，知道再下去是给人添麻烦了。他要离开那天，我们约去店里吃姜母鸭，不知酒醉或何原因，他激动大哭，直说对不起女朋友小丽，他心中仍记挂当时发下豪语要发达了回去娶她，破釜沉舟似的以分手作为赌注，岂知那却是最后一击了。阿德离开后，我上三楼整理屋子，西晒的太阳光，满地尘埃，椰子床边都是烟蒂与酒瓶，我看见一张旧报纸，求职广告上密密麻麻都是原子笔圈号。他睡的地方就在我们晾衣服的铁杆旁，仿佛他是用那些衣裳挡住刺眼的阳光，凌乱的床褥上仿佛还有他彻夜不眠的痕迹。

　　多年后我与C早已分手，有一日C对我说，接到阿德父亲电话，说他在海边垂钓，失足落海了。

六指和热卤味

手表寄售公司营业期间，第一年员工只有我与C，校长兼撞钟，采买货物、包装清洁、招揽业务、收换货、开发票、跑银行、接电话、结账请收货款，无一不包。原本只是她开车我算账这种浪迹天涯的潇洒组合，做一休一，空闲时间还去摆地摊，自己开公司后，忙得天昏地暗，睡眠不足，我几度罢工，也曾离家抗议，后来就染上了忧郁症。第二年开始，先是找了阿梅帮忙做内务，后来业务范围扩大，便开始找外务。

我们雇用过许多业务员，业务范围从台中县出发，每个月逐渐扩展，一年后已经到达高雄，全台湾合作的店家有两三百家。虽然只是在店头柜台借用一个小位置，把装有手表的亚克力柜靠近收银机摆放，这个策略是"结账时容易看到手表，看见了就会有购买的冲动"，但手表业务因为得跑全省，幅员广，时间长，且除了招揽业务、搬货、点货、收款，有时还得现场整理手表，细碎耗时，员工往往待不满一个月就走人，只有两个人待得长久些。

第一个是小陈，小我一岁的大男生，来应征时我觉得面熟，他有唇腭裂手术过的痕迹，且右手有六指，但就想不起是谁。

新来的业务由我跟C轮流带，我与小陈一起出车送货的日子比较多，车上难免谈天，他说高中毕业就出来跑业务，做过超市、百货，但也不曾跑过长途车。我们一出门回到家都超过十点了，小陈倒是从不抱怨，他喜欢喝康贝特，吃饭完全不挑，因为也住神冈，晚上回到公司我们会在路口买加热卤味，会陪 C 喝两瓶啤酒。这种卤味摊是长大后才有的，货摊上满满的食材，拿个小篮子让你挑，我们总是买高丽菜、豆皮、冬粉、鸡肝、米血、金针菇，加上汤汁，最后是一把酸菜、我总是要店家把辣椒另外放。如果只跑彰化、云林，回到家可能才九点钟，小陈就在我们那简陋的客厅里陪 C 喝酒聊天。

小陈总是说些以前跑外务的事，很少说自己。

我们俩几次一起跑南部之后，一日在回程的高速公路上，他悠悠说起往事。原来跟我们是邻居啊，他家就在乡下竹围外最近的透天厝，小学时发生大火，我们村里小孩还曾跑去看消防车，那次大火夺去小陈的父亲与哥哥，房子全毁。他说哥哥那时成绩优异，都要上高中了，几个叔伯帮他们孤儿寡母凑钱，把闲置的农田整了地，搭了一个铁皮屋，是我日日上学要经过的路口。当时我不知这两家的关系，总觉得那田中的铁皮屋十分稀罕，前面架着瓜棚，停着脚踏车，养鸡，种花种菜，像是童话里的森林小屋。

童年的小陈还是个孤僻痛苦的孩子，因为唇腭裂与六指，亲戚甚至都说他是灾星，学校里也常被欺负。我终于想起了时常在放学路上遇见的那个男孩，孩子们总是推推搡搡喊着：

"怪物，怪物。"原来就是他。

我心里有种自己当年没有见义勇为的惭愧。

"现在都好吗？"我问。他说："小时家里没钱做唇腭裂手术，长大后才做的，但第六指却不愿意手术去掉。"我问他为什么，他说："用来提醒自己要坚强。"我问他可以摸摸那个小指吗，他伸出手，我像面对碰触某种易碎物那么小心地轻轻碰触，感觉像被电了一下。他坦然地笑笑说："这个不会痛啦。"不知是为了平息旧创，还是要设法安慰我，我们尴尬地沉默了一会，夜车继续在街头安静地驶过。回到台中发现下雨了，划破水洼激起小小的水花，车就停在卤味摊子前。

美人儿咸酥鸡

公司第一个女性业务是 C 从前的同事，小乔，长腿美人，来公司上班前就见过几次，一起去钓虾，吃热炒。那时 C 另一个同事在追小乔，苦恋五年，小乔总是拒绝，因为她未满二十就结婚，后来因为丈夫爱赌爱喝，一直处在分居状态，"婚姻没解决我不想拖累别人"。她自己带着个有心脏病的女儿，什么活都做，到我们公司之前，她做过保险，直销，卖过房子，后来从事美容按摩，业绩拔尖，好不容把债务还完开始可以存钱，但因为人美，免不了男客骚扰，同事妒恨，她几乎做什么工作都碰上这两大问题。C 一直想要找个女性外务，出差时就不用住两间旅馆，认识的人当员工有好有坏，算是互相帮助。

当时业务已经发展到高雄屏东，长途远征，夜里都要住汽车旅馆，我陪小乔去熟悉店家，每到闹区停车不易，我就在车上先等着，只见她穿着窄裙高跟鞋，抱着一台亚克力柜，快步过街，她单薄的身体漂亮得令人心疼。

　　我们的手表多送到超市、五金百货或书店。超市的业务员多半是送些生活用品，就是县市里跑跑，多数时间都在跟老板泡茶，只有我们是赶路型的，别说哈拉聊天了，除了谈业务，就是等着收货款。小乔说："这种工作一个人做起来真辛苦。"我怯怯跟她说："之后你就得自己跑了，公司会花钱雇用业务，主因就是我想写小说。"

　　市区里找不到汽车旅馆，为了省时间，我们找到了爱河边一家商务旅馆，货车就停在停车场，没敢给 C 知道。她一向谨慎，深怕有人夜里撬车，一整车家当就此乌有。

夜里我与小乔在小旅馆里，十点就收工。小乔跑去附近夜市买了咸酥鸡，整整一大袋，咸酥鸡、柳叶鱼、甜不辣、豆干、花椰菜，还买了好几罐啤酒，我才知道她原来是大胃王，天生吃不胖的体质。

小旅馆灯光黯淡，电视机开着，我们坐在她的小床上，铺开满满的食物，她一边研究地图，规划明天路线，一边大口吃喝。爽朗的她说起坎坷的婚姻倒是没有抱怨，但一提起她的孩子，就显得脆弱，她说她的人生啊没什么好事，一辈子都碰上坏男人，唯有大口吃肉喝酒，使她感到愉快。

那一趟旅途之后，我们算是交了心，有时只在台中市区，我也陪她去，回程途中，她总是会买一袋咸酥鸡。台湾北中南啊，这是到处可见的吃食，要炸得酥，都看裹什么粉，才能酥而不油腻，起锅时撒下一把九层塔，我就喜欢吃那炸过的薄脆叶片，小乔每次都说："那是闻香的，不能吃啦。"彼时我也吃不胖，业绩好的日子里，她就买多一些，业绩不好，也要买多，我就会抢着付钱。

我与她之间既无男女的张力，也没有同性的比较，反而有种惺惺相惜。她对我所知不多，连我写什么小说也不知情，却对我推心置腹，是个直性子的爽朗女孩。我问她为何那么早婚，她说家里穷困，孩子多，从来也没有自己的房间，约会几次，男孩带她回家，是好大一栋透天厝，全家人都很疼爱她，她没多想就嫁了。"只为住透天厝啊。"她调侃自己。我问她后悔吗，她犹豫一会，说："如果他愿意改过，负责任，我还是会给他机会。"说完我们都陷入沉默，车子到巷口了，她爽朗一笑又说："我已经存到小套房头期款了，靠自己啦！"

水煮花生拼菱角

送货的日子，漫漫而重复的车程，一天七八小时都在车里，除了听广播，抽烟，聊天，就是各自守着窗景。作为司机的C当然凝视前方，她个子不高，驾着一台福斯T4柴油版加长型客货两用厢型车，见到的人都觉得不可思议，但我感觉她开得比任何高大的男人都更稳当，近视眼镜底下的双眼精准如鹰，脑中熟记地图，又有绝佳方向感，旋转方向盘，仿佛添了翅膀。

我则是偶尔发呆，偶尔瞄望侧窗，倘若还有什么风景可看，或如她那般朝向前方，凝视着高速公路单调重复的景致，因为久看熟悉我也懂得辨认各家厂牌的车型。我不吃零食，也不喝什么提神饮料，出神的时候，想的是我仍在构思但无暇书写的小说。

途经乡间小路，风景有更多变化，有时C突然停车，不是因为店家已到，通常就是碰上了想买的东西，各地名产啊，台东买释迦，车城买洋葱，玉井买芒果，关山买米，花莲买麻糬，她喜欢带伴手礼回去。除去这些名产，有时的停驻，为的是路边一摊摊卖熟食的摊子，热乎乎的菱角在当季简直如盛开的花，有小贩为了吸引人注意，不知用什么材料制作了特大的黑黑菱角模型，远远一看多醒目。在我来说该停在哪一摊，是令人尴尬的难题，或许我总想起童年夜市经验，知道守顾一个摊子等待客人上门的心情，但C没这些犹豫，她眼力好，也有饕客的直觉，她总是知道该在何处停，甚至发现有异时，也能毫不害羞地倒车。小贩通常会热心地立刻送上几颗让你试吃，当季食物，又是盛产，菱角肉质扎实却松碎，有其绵密却不黏腻的爽口，C总要买上一百两百，一些路上吃，剩下的回家下酒。

卖菱角的摊子通常也卖花生，照样热腾腾装在大竹盘，有时就路边一头戴斗笠的花衣妇人守着折叠桌小摊，有的就一老头蹲路边矮凳子上放两箩筐，也有规模大的摊位，开小货车，后车厢掀开，夫妻档一个煮食一个贩卖，菱角花生各一箩，堆得小山似的，最热闹。我喜欢看这些或车上的器具，看人家怎么把一辆小车做成店铺，有时车上还带着孩子，连电视机都有呐。

回到车上，只见 C 快乐地捧着装袋的菱角，娴熟地继续开车，偶尔剥一两颗出来吃，虽知道我不热衷，剥出两头尖角特别完整的还是炫耀地塞给我。我想起童年时在乡下，父母生意失败后，母亲离家到城里工作，竹围里透天厝只剩我们三个小孩跟父亲。擅长木工的父亲不善厨艺，但仍努力烹煮饭菜给我们吃，一次他炖了好香一锅什么，得意扬扬端上桌，他说是"菱角炖肉"，铁锅里半淹着褐色的汤汁，舀起来是大块红烧肉与炖得看不出原色的菱角。父亲买的是市场剥好的，尖角都去掉，边缘钝钝的，那可能是我生平第一次吃菱角，肉汁渗入木质感的菱角肉中，是说不出的奇异滋味。父亲当时还年轻，眼角已经有了沧桑，他问我们好不好吃，我们只顾扒饭，也说不出什么。电视机响着，屋里满是肉香，当时父亲脸上的某些表情，如今想来与后来的 C 某些时刻相似，是疲惫、满足，又孤寂的。

螃蟹之味

　　C 五专没毕业，就休学离家，说是年轻人的叛逆，不如说是一种自我放逐。我们自从初中毕业，曾几度相逢，又自然地分散，年轻时光的友谊像是天上飞鸟，有时群聚，有时四散。我再见她时，她已经尝受世间冷暖，我也因为一段不伦感情弄得遍体鳞伤，我们就像离散的亲人，理所当然要互相照顾，相亲相爱，自然地成为恋人。

　　火热的恋爱很快就进入家人状态，同居，共事，一起收养路边的流浪猫狗，一起沿着省道与高速公路四处送货，那时我二十五岁，若要说那是一种婚姻状态，几乎也可以成立。

　　直到与她一起，我才确认自己对女子的情感除了纯纯的友谊，还有爱欲燃烧。然而年轻的我们热烈地相恋，太快融入家庭关系，亲情、爱情、经济、人际，结成铺天盖地的网，将我团团包围，时光无情流转，支票期限逼人，滴答无休的钟表吞噬了我们的爱，对于将来幸福的期盼，成为"当下无法承受的重担"。

年轻是强烈也是脆弱的，想象不到如何能够穿过痛苦走到将来。野惯了的我受不了责任与束缚，找到办法就要逃，而她咬牙苦撑。我两度离家出走，她终于碎裂了世界。那段无助的时间里，她与久未联络的姊妹恢复联系，也与当年怒轰她出门的老父复合。家人经济工作责任纠缠啊，天涯海角也能让我牵挂，我在外混荡几时，走投无路又回得家来。很快地，我也与她的家人相熟，每个周末，我们都到大姊家吃饭，她们陪老爸打麻将，我在一旁陪小孩玩，日子过得恍惚，时间依然不断催赶。

几个姊姊对我都好，我也对她们告白，她们眼中所见我俩姊妹情谊，其实是爱情，所以有争吵，甚至分手，复合，这类的戏码，我盼望透过这些告白，使她们理解C。过年过节，我总与她家人一起，我记得姊夫细心，秋天时总要麻豆文旦，要吃蟹，一家子都圆圆脸，连爱吃之物都相似，嗜吃海鲜，狂吃甜食，笑声开朗，与我恰恰相反。年轻的我，不知自己爱吃什么，年少的日子过得慌乱，饮食只是温饱，我们家不吃年夜饭，家常菜也是青菜肉鱼排骨汤，吃什么东西都是自制的，好似过量饮食会导致罪疚。

吃螃蟹的日子，姊夫买来螃蟹，大姊负责操刀烹煮，清蒸，调味，米酒姜片必备，爱怎么吃怎么吃，加上几瓶啤酒，租两部片子，打开麻将桌，热闹的秋夜，仿佛可以天长地久。我分辨不了那些螃蟹，只知道有一种东西叫作蟹膏，蛋黄似的，要尝到此物，得先把整只螃蟹解体。C与姊姊们都是饕客，各有吃蟹的方法，总之可以吃得干净剔透，我对那种毛东西没辄，喜欢的是那气氛。三房两厅的公寓，气密窗封住的阳台，顶上晾着大人小孩衣服，阳台布置常有变化，有时姊姊兴起养鱼，一角就坐落了石头凿刻的大鱼缸，孔雀鱼善生养，没多久就大缸小缸到处摆，有时姊姊迷上植栽，那么红花绿叶就少不了，阳台窗户还得外挂，各式草花，观景盆栽，热热闹闹开起来了。大姊热情，二姊爱家，姊夫是大好人，两个孩子活泼乖巧各有，老爸爸安静，我生命中不曾体会过的，过量的"家"的欢闹气氛，都在这了。

冬天吃火锅，秋天吃蟹，过年围炉，四季不断的是假日麻将声，家人谈笑，那是家。一切是如此地温暖。只要我愿意守护，我就可以得到这些。

　　至今，我还是想不起蟹膏的滋味，那于我真不是美物，但我记得那我曾短暂参与过的家庭日，洗牌声音，碰和，自摸，谈笑，秋蟹在秋天随着淡淡酒香飘散，我总是在一旁看书，C会笑说："别害我输。"她的笑容是伤感而幸福的，仿佛她也知道我不属于那个世界。

　　我望着她忧伤的微笑，深知自己将来必然还会使她伤心，这一切太简单了，将来似乎已经写就，但那不是我要的人生。

　　我知道我将会离开父母，离开故乡，离开C与她温暖亲切的家人，我会成为一个孤独而无情的人。为什么非得这样呢？非得走进痛苦断裂之中，非得放弃已经拥有的平静与幸福？可那不是我应该待的地方，有一天，我会离开那日夜走响的钟表，投进空无与未知之中。

Ⅲ 飘浪之女

那时我们相爱，
互相理解，
没有人祝福，
却执意不放。
时间似乎永远走不完，
又一下子就用光了。

奔驰车与大面羹

二十岁年华，长发及腰，眼神如火，我总板着脸，仿佛谁都与我有仇。U 一张俊脸，笑起来带着桃花的细眯眼睛，也是凶凶的。我们脾性相投，连穿着我也要学他模样，脚上一双白球鞋，高腰紧身牛仔裤，必要时，我甚至愿意穿上他的旧毛衣，显示我亦有潇洒之处。

那个夏天，野狼机车来来去去，找旅馆，找吃食，找朋友，晃荡终日，一家一家店铺逛过吃遍。他是吃不胖，永远的二十四寸细腰，海军陆战队退伍十年始终维持的好身材，我则是食量如鸟。人生有比饮食男女更重要的困扰，但那困扰始终无名无姓，只是盘绕不去。

与他一起时，我才胃口大开，不知是否也是模仿。摩托车一熄火，U 走在前头，穿街走巷，闻风而来，想必又是一摊好料，我也随他去。丰原一窄巷里的骨髓汤，摊子窄旧，店主老夫妻一双，有座没座人人一根大骨咬着啃着，吸管插入骨中饮料似的吸。这摊子二十年啦，吃不腻，U 说。我没见过有人比他更不吃正餐的，对于吃他从不迁就，宁可长途跋涉，也不愿将就一餐，但他吃的都是巷弄中的平民美食，只顾口味，不管用餐环境。

　　某日，早晨我们先到了台中后火车站附近的建国市场，俗称贼仔市，专卖五金器械，整个街区都是窄仄店铺，没一样物品与我有关，出入的都是男人。逛两三小时，喝光两杯罗式秋水茶，可能什么也没买，他属意的二手的泵泪洒价钱谈不拢。"吃饭去。"他说。

离开贼仔市，直奔一旁的菜市场。中午时分，肉贩菜摊陆续开始收摊，满地都是湿，肉摊对面的卤肉饭，U能一口气连吃两大碗，剁得极碎的猪肉，卤汁是酱油黄渗透难以言喻的粉红，必然要点一盘香肥卤大肠，油嫩笋丝，清爽粉肠汤。我们大口扒饭时，脚下就有洗地的脏水流过，我总留心把脚抬高，免得水湿漫鞋。为了装酷，我小心不让他觉察我的怕脏举动，但内心无法平衡"好吃"与"好脏"两种冲突感觉。吃饱再上路，我想那日U定开上他的老爷车，兴起可能一路开到鹿港吃蚵仔煎，到彰化吃羊肉炉，必要时，上一趟虎尾的酒家也不离奇，反正每一处都有他的朋友，都有他多年的美食地图，我都好奇。

结果玉市场逛完，我们去了台中市英才路吃大面羹。我从没听过这东西，到了现场更是吃惊，两张大红圆桌，路旁停满轿车，办桌似的，十几个人围一桌子，黄澄面羹上漂着满满韭菜，油豆腐是必点的，桌上的玻璃装辣椒酱是U的最爱，总要加到面汤变红了才罢休。我吃惊的是桌面来不及清理，老板只顾着舀面算钱，客人乖乖自己在摊子前领面，找个位置坐下，桌上还有空碗免洗筷，随手推开去，于是圆桌中心是堆积如山的空碗与横七竖八的免洗筷，筷套随风纷飞，但谁也不理会那些脏乱，宝贝似的顾着眼前那碗面羹，管你身上穿着套装或是西装，管你骑脚踏车还是开奔驰，只顾吃。吸了汤汁的面羹软软，头顶上是太阳，吹来热风有油葱香，只听见此起彼落的"啧啧"声，没人抱怨。

　　但我心里仍是"好好吃"与"好脏啊"的拉扯。我抬头看 U，即使满嘴油腻依然好俊的模样，年长的他从不知我内心的挣扎，我也不知自己挣扎个啥。"走吧！"他说。下一站会去哪？我不知道，但我就跟着他，一路走进了未知处。

公园边热炒

我记得那个公园，叫儿童公园，却少见儿童出没，距离我租的小套房走路几分钟就到。公园只有简单的荡秋千溜滑梯，里面有个展览厅，时常举办儿童表演、民俗活动，我与 U 常到那儿约会。说是约会，也不过就是在附近网球场看他打一场球，公园散步，然后一起到附近的小面摊吃东西。

那时节，特别穷，去哪都骑摩托车，一个人吃饭简省，五十元便当，一碗阳春面加卤蛋，甚至胡乱用电磁炉煮个五木拉面加青菜，一整天就过了。大学刚毕业，工作怎么找都不顺利，我最喜欢有供餐的工作，如西餐厅、中餐厅，大锅菜员工们打仗似的抢时间吃，剩下的还要打包回家。

U 是无论怎么穷都能找到便宜小吃，我亦怀疑他这么穷怎么能打网球？他说，大家知道他穷，都把开过的网球让他捡回去，可以卖钱。

　　我们相差十二岁，一样潦倒。

　　潦倒的日子里亦可以恋爱，摩托车骑着到处去。我爱看他球场上飞奔，白色球衣蓝色球裤，不是什么名牌款式，在一群老师、银行职员、公务员之中，他的潦落变成一种洒脱，他比谁都好看。我在场边看书，风呼呼吹过，网球拍击，弹跳，发球时 U 总会跳起身，呐喊着，休息时间他到场边来，我就把冷水递给他。装在矿泉水瓶子里的是到饮水机装来的冷开水，一场球赛要喝两大瓶。

能见面的日子不多，我们走进儿童公园，也不管是否有儿童在旁，躲在草丛里亲热，或说着体己知心话，或各自抽着闷烟，彼时我们有好多心事，没有一桩一件可以解决。

"吃饭去。"他像要振作起什么似的抓起我的手，我们到了附近一个面摊，是房屋间的空地，帆布铁架搭起的摊位，门口一台炉，火总是旺的，摊位上摆有下水、猪肝、生猪肉。摊位主卖炒面跟下水汤，切一点卤菜，老板是个大个子，脖子上的毛巾永远是湿的，非常寡言，几个助手也不曾闲着，简单的几样菜，却总高朋满座。

他们的炒面是白面，热水先烫熟，爆香的材料一样不少，配料也总是那么些，肉丝、葱段，甚至连红萝卜都不放，靠的是调味。白面的面粉香配上咸度刚好的酱油，没放芡粉，却自然有点稠，肉给得大方，可能拍打过，一点不涩口。

下水汤里我喜欢吃的只有鸡胗，切成花状的小片鸡胗，脆脆的，若有闲钱，可能烫一盘鸡肠韭菜，就是大餐了。汤里总会有韭菜、姜丝，似乎还有点咸菜，这些都是 U 包办的。有时我们俩只点一盘炒面，吃不够再来一盘，缺钱的日子，我们总是互相推让，让对方吃多些。汤当然永远只叫一碗，五六朵鸡胗漂浮在汤面上像花瓣，爱惜着吃，遇上奇数，必又是推让一番。

很难得的时候，会点一瓶啤酒，当然是玻璃瓶装的台湾啤酒，两个写有"七喜汽水"的小玻璃杯。帆布棚里都是烟酒味、炒面香，周遭男人女人喊叫似的谈天，U 很少大声说话，他说话慢慢的，像永远无须把句子说完。那时，我们总像是追逐着时间，却又不须追逐什么，那时我们相爱，互相理解，没有人祝福，却执意不放。

饭后我们又回到儿童公园，暗暗树影下，耳鬓厮磨，头上天空与月亮，铺展奇异的图案，时间似乎永远走不完，又一下子就用光了。

失落的肉羹面

　　明知对胃不好，但我偏爱各种羹汤，尤其香菇肉羹可以列为十大难以抗拒的食物之一。大街边，小巷里，市场旁，骑楼下，总会有这么个卖"肉羹面"的小摊子，我喜欢的摊子往往单纯，甚至只卖肉羹与羹面。一个大铁锅里熬煮着浓浓的汤汁，竹笋切成细丝，香菇切小丁，蒜头剁末，总会有人负责不断搅动那锅汤，另一人煮面。所谓肉羹各家做法不同，有的光是赤肉，有的肉裹薄粉，有的是肉末加上鱼浆制成，形状不一，大小各异，甚至也有清羹汤，完全不勾芡，也有只带上薄薄一点芡粉，汤汁是清澈的，有人把竹笋换成萝卜，也有两种都加的，有些则加上木耳丝，红萝卜丝，我还曾见过有人加上蛋酥的呢。常见的做法汤

汁成淡褐色，是加了酱油的，盛碗时还要加上黑醋、香菜。有人喜欢吃黄油面，有的要加冬粉，也有人偏爱米粉，但真要讲究口感，还是一小瓷碗里满满都是羹汤，大块的肉羹豪迈地漂浮其上，吸哩呼噜吃了一碗不够，再吃一碗又太饱，这种境界是最好。

　　小学时期，父母不知忙到哪去，三年级之后全天班没带便当，午休三十分钟外食，吃的都是面摊。阳春面、阳春面加蛋、干油面、汤油面加蛋，二十元解决。只有很特殊的日子，我会让自己点一碗肉羹面，已经记不得是真有那么穷，还是遗传了父亲的节省，或者把午餐钱留下来买零食买玩具讨好同学。总之，阳春面与肉羹面差价是一倍，我每每望着旁人的碗里发馋，大约是那时就种下对此物的贪爱。

　　学校后门五十公尺外的店家骑楼下，塑胶棚子搭出了两个面摊，房东是同一人，因为有两摊互相竞争，即使摊摊客满，摊位上也弥漫紧绷气息。奇怪吃个面也分党派，吃甲家的绝对不会去吃乙家，可能是口味不同吧，但那气氛也让人觉得非选边不可。我选中的，是离学校较远的乙家面摊，约莫是被同学拉着去就入了伙，甲家口味如何我就不可得知了。摊位上总是一脸愁苦的老板娘掌厨，如今想来那味精真是毫不吝啬地一勺一勺撇进碗里。专卖学生的小摊子，除了卤蛋，不记得还有什么卤菜，摊位上总是脏兮兮的，弥漫一股老板娘心情不好的气氛。那肉羹简直小得看不见呐，所有配料都切成尽可能地小，唯独面条倒是加得满满的，香菜也常见都是梗，奇怪，却是今天吃了明天还想再吃的味道，当然，总也是因为规定自己顶多一星期吃一回，永远不得餍足。

　　离开多年，二十岁的我又搬回那个村庄，但我再也不上街了，街上的冰店、杂货店、面摊、文具行，藏有我羞耻的记忆，可我总是对 U 说起这个摊子。一日他特别开车带我回去吃，摊位竟然还在，午休时间，也还是那么多学生。老板娘苍老疲惫，不知认出我了没有，我意外发现那瓷碗好小，羹汤好清，碗盘好脏，是一碗无论如何都称不上美味的羹面，我们俩无语地吃完面，他问我："要去学校看看吗？"我肯定地摇头，像撞见了年少时暗恋不成，多年后重逢却发现竟然如此平凡令人失望的对象，我仓皇懊恼地上了车。

深夜串烧

　　通常是这样的夜晚，白日劳动工作疲惫，夜里写作困乏，小套房里孤寂，偌大城市里一个说话的人也没有。二十四岁的我，还不是作家，写着无人阅读的小说，有一个爱人，但时常不在身旁，与家人淡漠，朋友疏远，像要抵抗全世界似的，执意过着某种我以为才是生活的生活。身上通常没有多余的钱，衣裳也老是那几套，有一台俗到爆的"火凤凰"中古机车。深夜里，睡不着，我就穿上最好看的一套衣裤，抹上唯一的红艳唇膏，跨上我的火凤凰，穿越大半个台中市，寻找一家酒吧。

　　那是一家以卖串烧闻名的店，店内除了吧台，还有四张

四人座，狭长的小店，去的人都是中年人，或三两成群，或一人独行，总是会点上一大盘串烧，啤酒一瓶再一瓶，有一台卡拉 OK 点唱机。生意虽好，老板的脸上却总是面无表情，也少与客人交谈，我不坐吧台，一个人占四人座，吃一串猪肉，一串牛肉，啤酒一瓶从来也喝不完。

　　说是酒吧也嫌阳春的店，是年轻的我像梦游一般才会有的夜生活，偶尔有人与我攀谈，但或许是店内气氛，这样的攀谈也没有搭讪气息。我常听见其他客人小声地交谈，多是些不如意的倒楣事。猪肉片里包的葱段我不敢吃，总是小心地剔出来，更小心地用纸巾包好放进背包里。那时我抽烟，其他人也抽烟，我从未唱过一首歌，倒是听过许多酒后或悲伤失序的胡乱歌声。

有时会点烤鸡腿，大约是发薪水的日子吧，去骨鸡腿肉切得小小块，酱汁刷得不多，但油嫩馨香，非常美味。那样的日子里，连客人看来也特别亲切了，有几位女性嘀咕着各自的感情事，有两个男人兴奋地谈论着事业，老板马尾梳高，交代着新来的服务生店内事务，有人传来纸条说要请我喝酒，是一个长得像业务员的男子，那还是搭讪会用纸条的年代啊。我没有拒绝，也没有答应，他就到我这桌坐下，真的是在当房屋中介的男子，说自己二十八岁，他问我名字，我随口就说："小凤。"

我想起自己艰难的恋爱，U 说他曾在一个女校前摆摊卖串烧，年轻的他，想必吸引许多少女吧。我当然没吃过他的串烧，正如他也不知道我的夜间出游，我正在学习浪荡，但怎么也不成模样。业务员男子还要邀我去其他酒吧，说可以跳舞，更加热闹好玩，我想象他脑中所想，接下来可能会带我回家，或者随着我回去我那个寒酸的小套房，又或者，男子也如我一样，会独自回到自己的住处，在房东提供，有着霉味的老旧弹簧床上，纳闷想着自己的人生。青春时光为何如此空无，令人着慌，我把剩下的鸡腿肉吃光，男人还要买酒给我喝，我说："我想吃烤牛肉。"U曾对我说过烤肉秘诀，酱汁里会放上一点糖，但这份牛肉只抹盐，挤上一点柠檬，肉质鲜嫩，昂贵得像别人的青春。

深夜里我仍旧骑着火凤凰噗噗噗穿过熟悉的街头，有些霓虹灯暗下来了，有些还亮着。

美酒加咖啡

　　曾经有段日子丰原流行一种会在第四台某频道现场直播客人演唱画面的 KTV，大约是受到电视歌唱比赛当红的影响，人人都想当歌星。当时王壹珊与孙淑媚争夺冠军，我回老家住，在夜市工作的父母总要我记得把录影带放进机器里录节目，回家后我们一起看录影。我二十四岁，正在写小说，还没有任何作品发表的惨淡日子。

　　即使在乡下小村庄里窝居，我亦能兴风作浪，惹出许多感情纠纷，使得父母担忧，自己惶惑。狂洒年轻的罪。那时，我曾与母亲、我的恋人 U 一起去那家直播餐厅唱歌。

　　如今想来真怪异，伫立于镇郊之际，隐身于巷弄间，外观简直像是酒店的俗丽场所，当时生意兴隆，上门的客人几乎都刻意装扮过了，除了时兴的卡拉人人 OK 的气氛，颇符合"成名五分钟"的爱秀心态。与一般有外场的 KTV 相似，此间也有包厢，外场附有舞台，台下是类似西餐厅的座位区，服务生一律白衬衫黑背心打个小领结，端着银亮托盘穿梭于各张桌台之间，价格在小地方算是贵的，门票就要五百，记得食物蛮好，可以点菜吃，主要是每个人就那么一次上台机会，等待的时间长，大家就闲聊起来，当是去餐厅吃饭。席上吃吃喝喝，批评一下时事，给台上的人打分讲评，女性免不了紧张地到厕所补妆，说不定也偷练一下等会要唱的歌，要是 key 没调好就糗了，不放心地还要去 DJ 室反复交代一下。

男性也有他们舒解紧张的方式，"我去买包烟"，柜台买包烟，顺道溜到厕所照个镜子，无妆可补，手指当梳抓几下头发也好，没人时也不妨清清嗓子，哼上两句，回到座位，再灌上一杯台啤，不喝难开嗓啊。

是那样的气氛里，母亲与U是老朋友了，他们都是好歌喉，见识过江湖的大器，母亲那日打扮特别美丽，U是平时就爱美，随时都一样。他们对于上台表演是否特别紧张或兴奋，我看不出来，因那时他们有关于我的更深的烦恼。母亲在惯喝的热咖啡里，倒入了半杯白兰地。

我们吃了什么没特殊印象，歌曲倒是记得，母亲点的必然是西卿《苦海女神龙》，U定然要来上一首文夏的《恋歌》，或者《你是我的生命》。我呢？那时我都唱江蕙，刚学了一首《感情线》，正符合我紊乱的心情。

漫长的等待时间里，我身上的洋装太过紧身，一坐下来裙身就往上缩，想必模样俗艳而超龄。我的心思亦是超龄，我谈着混乱的恋爱，没记错的话，当时母亲正在宽慰伤心的U，U也好像正在安慰着烦恼的母亲，我有种置身事外的恍惚，焦躁地在大厅走来走去。舞台的客人一个一个像小学生上台似的，等着叫到他们的桌号，等着声音做作的主持人简短两句话访问，然后紧绷地握起麦克风，一开口就知道不妙，还是坚持地唱完，敬礼下台。其实那所谓的现场直播，镜头拉得极远，收音效果也不好，我看过录影，简直分不清楚谁是谁，但出丑的感觉一点也没少。我忘了我为何去到那儿，我只记得当母亲与U在等待与宽慰彼此的时刻，我走进公用电话间，投下硬币，打了一通电话给L。"怎么了。"他说。我说："不要再打电话去我家。"他狠狠说了声："都随你。"挂上电话走回座位时，轮到我上场了。

金瓜炒米粉

二十三岁辗转在台中小城里四处碰壁找工作的日子，我曾短暂在一家艺品店工作，市中心热闹街道边，铁皮屋搭盖成二楼建筑，楼上楼下满满都是钟乳石。

我当然是图个顾店轻松可以边写作，生意非常冷清的店，只有钟乳石像沉默的女人林立。一早到店里，解除保全，烧开水，老板最要求两件事，第一要把布满坑洞、表皮粗糙的这些怪石都拂去粉尘，第二就是镇店的桧木桌上一整套茶具，随时都要在"泡茶中"的状态。我包里往往带着笔记本与书，胡乱做完清洁工作，就泡茶，老板通常下午一点才会来，我得从九点待到晚班六点来接手，客人不用说当然是非常少，

来的多是老板的酒肉朋友。

有一日大雨，有个客人不知是来躲雨，或者真喜欢钟乳石，瘦高个子，小而短的脸，蓄着个性短须，一身黑的衣着，算是型男吧。他在店里逗留许久，买了一个石雕烟灰缸，他说自己的店在附近，专收玫瑰石，改日可以带我去参观。短须男人又来了几次，便约我去吃饭。

那是我生平第一次搭上捷豹的车子，没有将要约会的兴奋，倒是好奇居多，且当时穷困潦倒。他提起的店名"金瓜餐厅"是我骑车常经过的地方，欧风童话般的建筑，在当时的台中算是相当有特色的餐厅。他熟练地点了许多菜，很像是面试工作，男人总是问我各种事，我一一回答。我甚至跟他说了U 的事，说我们时常到处晃荡，U 最喜欢捷豹的车，所以我能认得。彼时年轻，总吸引奇怪的男人，他兴味盎然听我说着自己坎坷的恋爱，不如意的工作，见我食量特大，问我是否"总没吃饱"。特色菜餐厅当然有些怪菜，许多以金瓜入味，我到那时才知道金瓜就是南瓜啊。记得聊到店里老板总抱怨我业绩很差，晚班是个漂亮医科女大学生，打工纯粹为了消遣，几乎每夜都买东西给大家吃，服务生端上一个大南瓜，连蒂的盖子拿掉，里面是满满的金瓜米粉。

　　我没吃过这样的米粉，吸收了香甜的金瓜汤汁，细丝的瘦肉爆香，大葱段，漂亮金钩虾，可能还炒了些什么配料，特别爽口。记得在乡下都是在田边吃炒米粉，当作点心，阿嬷总是炒得一大锅油油香香，里面肉末与金钩虾屈指可数。

　　我感觉自己就像乡下餐桌上看不见配料的炒米粉，而晚班女孩就是餐厅里的金瓜米粉。她的大方显得我寒酸，她的活泼显得我别扭，我是为了生活去打工，而人家是去交朋友，她待我也好，但有她在的日子我生活难过，因为老板看我更不顺眼。

　　我拉杂说着这些，简直把短须男人当作心理医生，但我一点没有喜欢他。男人似乎颇动容,说:"下周我们去吃西餐。"送我回家的路上,他似乎想握我的手,又假装若无其事地把手放回方向盘。我们就此道别。

见面时我跟 U 说了金瓜米粉与短须男人的事,他没吃醋,却带了我去一家乡下小店吃了炒米粉,老旧瓷盘里装着最简单的米粉,瘦肉、芹菜、大葱、小小金钩虾,都只是点缀,却吃得泪光闪闪。"我想辞职。"我对 U 说。他说:"你想怎样都可以。""让自己开心点。"

如果他坏一点,我可以离开他,如果他更好一点,应该带我远走高飞,然而他是个不够好又不够坏的人,我倔强的眼睛里看见的是白日也黑暗如深渊,没有未来的未来。

煎蛋三明治

北屯区小套房时光，大学刚毕业，没一份像样的工作，总是在翻报纸的求职栏，老是骑着摩托车在面试，小套房在旧大楼里，是我自己找到的，那时两人总处在该分手未能分手，说好散了吧却又忍不住见面的暧昧期，前途一片茫然。我赌气地自己搭公车，走路，循着以往我们常出没的北屯区，找到这个看来险中之险的危楼套房，好像是故意要让事后得知的 U 为我担忧、气恼，犹如要让这个不像样的小套房，说明我内心的悲屈。

摇摇晃晃的电梯，镜子里贴满各种色情、搬家、征信社小广告，布告栏上什么公告也没有，只有几个脏话的涂鸦。楼梯间更可怕，电灯总是故障的，每户的鞋柜脚踏车都把出

口堵住，我住的三楼，另外两户总是大门深锁，从不见有人出入。

　　推开铁门，整个套房就映入眼中，二十五年以上的建筑，一进门处有个贴瓷砖的流理台，屋内狭长，绝不超过五坪大，唯一的对外窗，是面向中庭，十几楼高的天井，照入的阳光已经偏斜得只剩几分。我用一条旧床单当作窗帘，房东附的弹簧床有一个突起，所谓衣橱是墙壁一个内凹处挂根木杆，浴室算大，浴缸也是贴瓷砖，抽水马桶总有怪声。

　　我自毁自伤地认定自己将要独居在此，不知何时能找到工作。买回泡面六包、五木拉面两盒、茄汁鲭鱼五罐，还有我喜欢吃的鸡蛋一打，单门小冰箱里连饮料也没有。寒酸的屋内，有父亲给我的小电视与全套视听设备，有我自高中以来存钱买下的上千本书和几百张 CD 唱片。书桌是从小用到大的地图牌，大学时代就把腿脚锯短，席地而坐，西华钢笔是 U 送我的毕业礼物，天鹅牌的稿纸也是他四处为我张罗来的，最合适这支钢笔的纸质，把这些都摆设好，我就想他了，中断联系熬不过一周。

大学中文系毕业，这张学历意味着除了文学没有其他专长，而文学我亦不专精。我的第一份工作是文书处理，为此我还买了一套看似"文雅"的上班族套装。上班第三天，还没弄懂该处理什么文书，一直在上各种"精神再造"的课程，授课老师台上手舞足蹈，标语口号一套一套，同事们个个猛抄笔记，下了班我总算从主管口中得知，文书处理是假，实际上是直销公司。第四天开始跑业务，我没再进去公司。那天下午，我打公用电话给 U："都是骗子。"倔强的我想哭却未能哭泣，"挂羊头卖狗肉。"我也学那老师骂人一套又一套，"为什么不明说，害我浪费了三天时间。"U 长我十多岁，颇有"明知山有虎，但你得自己去经历"的意味，只问说："你搬到哪去了？"问清楚地址，晚饭后就过来了。

他没针对套房的简陋与大楼的危险作任何评论，却带我去逛附近的市场、超市、录影带店、烧饼油条店、邮局、警局、公园，两人像是要熟悉环境似的，把各处逛了一圈，最后买回了牛奶与吐司。他曾送我一个插电式的烤炉，附有一个烧水壶与一个铁烤盘，我一般只拿来烧开水。那晚他用小铁盘先烤了吐司，用筷子煎鸡蛋，两片白吐司夹上煎得外焦内软的荷包蛋，牛奶阔气地喝上一大杯，就是我们的晚餐。"你明天早餐就可以吃这个，当消夜也很好。"他说。我们席地而坐，把一切都摊在书桌上，有他在的时候，简陋的屋子突然发亮了，他说："明天我们来煮火锅。"好像真有明天，好似我们还有用不完的将来。

水蛙兄与羊肉炉

　　每次见面都在晃荡，那些与U一起的时光，我本不知人可以活得这样潇洒，亦不知人生还有万般无奈，放荡与束缚都集中在他身上，所以那些最自由的日子，也成为我们沉重的负担。

　　一辆铁灰色裕隆老车到处跑，车上总放着睡袋与毛毯，虽则不曾在车里过夜，偶尔却睡在廉价的旅馆里。他总有许多与朋友合作的计划，都是些天马行空、无中生有的事情。过惯了有今日没明日的生活，走北闯南，突然冒出什么多年不见的朋友嚷着要合作什么，我都不以为奇。

　　水蛙兄是时常听他提起的，海军陆战队同袍，我以为人人都像U这样，退伍十多年还保持着"果然是海陆的"那种健美身材。我们似乎是车子开在台中市区，突然就上了高速公路，在彰化溪湖下交流道，我都不知他何时与水蛙有约，到现场时就是一家羊肉炉了。水蛙人如其名，个头矮胖，顶着个中年啤酒肚，头顶稀疏，却蓄着美须，汗衫西装裤蓝白拖鞋，穿着十分随性。席上有几个中年人，小店靠着路边，大圆木桌铁板凳，一桌一桌蔓延到屋檐下，塑胶碗免洗筷，非常简陋，蛙兄说这家是现宰的土羊肉，他兄弟有股份。小店貌不惊人，却总是满座，大家不怎么寒暄，倒是大口吃肉，桌上摆着玻璃大罐子装的豆腐乳，特制的辣椒酱，羊肉切薄片，麻油米酒加上中药汤头，瓦斯炉烧的热锅，豆皮、茼蒿、高丽菜，现烫现吃，吃得人热心热眼的。那天没谈成什么合作方案，虽然总有人不时冒出几句要到越南开成衣厂的计划。

水蛙兄的传奇在于他的好歌喉，吃饱了羊肉自然要去唱KTV，我们一车，他们一车，直奔西螺某处粉味KTV。说是粉味，却都是些阿姨级的公关，我都比坐台小姐年轻许多，包厢里有我，男人们似乎都放不开来。水蛙兄果然歌声豪迈，令人刮目相看，U说他当兵时就是五短身材，跑跳游泳都差，就是一张嘴能说会唱死混过关，但他爱喝酒，老闯祸。我还沉醉于水蛙的歌声，他却不知何时悄悄借了U的车，说要去接一个女朋友，这一去久久不回，两小时后修车厂打来说水蛙兄一脚把离合器踩死，另一脚还硬催油门，车子挂点抛锚，要我们提钱去还车。

　　那一顿羊肉炉加粉味不知花费水蛙兄多少钱，我与U却生生花了八千才把车赎回，夜里还得在小旅馆过夜。无缘无故花费那么多钱，却也平白得来一夜相聚，我都不知该喜或悲，照例地还是不动声色，任由命运飘荡。U喝醉了，似乎也有难言的委屈，只能苦笑说："水蛙这人就是不负责任。"然后揽着我哼起歌来，是下午水蛙与我对唱的那首，陈盈洁与沈文程的《云中月》。"你不该跟我这样的人在一起。"他似乎嘀咕着这句，我照例地装作没听见，把眼睛闭上，听着远处好像虫鸣似的某种声音，飘飘荡荡，隐隐约约。

阿飞排骨饭

二十岁与 U 恋爱，爱得惊天动地，爱得精疲力竭，但不到五年终究分离，不是渐渐走散，是我毅然离开，那断裂的方式像是把自己投入了另一个人生,不许回头。我不知 U 在哪，他亦不知我行踪，我们的恋情一开始就离经叛道，纠缠多年没有出路、难分难离、难以割舍、难以抉择的关系，有一个人必须绝情，当然是我。

我本以为离开 U 就可以过着不受人拘束的日子，能追求属于自己的爱情，但生命终究难以预料，一开始美好的爱，也难免被现实崩坏。那时我已近三十，四年时间过去，我是在别人的电话簿里看见他的电话号码，走投无路的状态下打电话给他。一九九九年夏天傍晚，我们从黄昏谈话到深夜，途中遇到了全台大停电，四周漆黑，户外许多人谣传着"打仗了"，人心纷乱，我却坐定床边地板，抱紧电话筒，不断与他说话。似乎要将分别后几年发生的一股脑儿全说清楚，在暗黑中继续与他说话，仿佛就算世界末日也无法阻止我们继续核对着记忆，把空缺的时间补齐。多年过去，我仍没有学会如何不陷入纠葛难断的爱情，或者该说，我的生活越来越混乱，逃避痛苦的结果是堕入一个又一个更深的深渊。

"明天我们见个面吧。"他说。我说好。

我们约在还未开始营业的夜市入口，宽敞的空地边。广场风大，尘土飞扬，停在我眼前的是一辆红色的软顶吉普车，模样就是我们恋爱时他无数次对我描述过想要的。风尘里的他向我走来，已经从浪子头蓄成了他一直想要的潇洒长发，用发带束成马尾，一身宽大民族风衣裤，我蓄着齐肩长发，从快步变成缓行，抗拒着前进。几年不见，体内似乎还残留对他的旧情，然而眼前他的模样刺痛着我，好像分别后的他已经过着想要的生活，而我却刚从一个自己制造出的噩梦里逃离。

吉普车坐起来并不舒适，遇上颠簸的路段，全身骨头都

震痛了，看来洒脱的他，也在一段坎坷的爱情里受苦。前一晚黑暗中的谈话，我们已经核对过当初分手的原因，误解也好，灰心也罢，总之是我不愿继续复杂无望的关系，而他只得接受。即使经过时间侵蚀，他对我仍有不解的埋怨，但那些埋怨淡得几乎像是撒娇，因为痛苦已经过去很久，我们只是调侃彼此仍为情所苦："这么多年还是没有改好。"

照例地开着车兜转，到处吃喝，我记起从前那段既洒脱又压抑的日子，每一次见面都很艰难，于是特别要自由，好像不容许其他束缚在身上，我们做任何事都没有计划，说走就走，说停就停，只要天一黑，夜越深，越靠近他要回家的时间，我们就越是疯狂。但即使彻夜不眠，最终他还是要回家的，妻小等着他。

那日我们在市区晃到傍晚，他带我去台中市区吃一家老牌排骨饭，拍打得很薄的大片排骨肉裹上面粉酥炸，与一般传统排骨饭不同，因为肉片本身的薄脆，炸过之后外酥内软，吃起来是带有肉汁的酥脆，口感特别。时光仿佛特别在这里留住，屋内陈设未改，连老板娘的模样都如旧日，店里的人跟他都熟。

　　记得年轻时他带我来吃，曾说起一个笑话，他说一次全家人来吃，小儿子的排骨始终没动，等用餐完毕，他一筷子夹起小儿子盘里的排骨咬下，儿子就哭了。他问说："我以为你不喜欢吃。"儿子说："因为喜欢特别留到最后才要慢慢吃的。"疏于照顾家庭的他，对孩子的喜好也生疏。那个笑话对我并不好笑，说完之后，他也感觉到我的难受。那景象就是我们恋情的写照，充满太多不定时地雷，可悲的是，我们既要假装忽视那些地雷，却又不免时常炸伤。

　　再见面时他说起孩子都当兵了，我讷讷无言，想不出他们已成年的样子。回程途中，还是那些熟悉的地方，我们的爱好像还留在空中，只是已被时空冻结，像是爱，又像是梦，只有排骨的咸酥香味还留在口中。我想最后我会记住的，不是那些缠绵的爱恋，而会是一家又一家，他带我去吃过的摊子、小吃店，那些我们晃荡过的公园、市场、溪河、山峦、海边，因为我们的爱已经升华成一种无以名之的情感，我们将之存放心中，不再轻易碰触。

IV 花街旧事

那是我人生里初次见识到的女性魅力，我是个好学生、乖孩子。美貌与爱情都是与我无关的事，甚至不是爱情，只是玩乐这样简单的心情。

一宝与烤鱿鱼

　　我们一家在丰原小镇横街卖衣服讨生活的年岁，从我小学六年级开始，到大一升大二的暑假结束。七年时光里，先是在路边电线杆下父亲把木板架在三轮车铁架上当流动摊贩，后来租下房东车库前空地，成为要付租金的摊贩，我读中学时房东把车库稍微整修，父亲与隔壁卖皮鞋大叔哈库赖分租店面，算是半个老板了。那时铁皮屋低矮，生意兴隆，我们还住乡下，夜里收摊后，哈库赖的儿子一宝顾店。

　　我不懂为何大家都喊皮鞋摊的老板哈库赖，但街边上到处都是哈库赖的身影与大嗓门，谁谁谁都是他的朋友。当时的复兴路相对于庙东夜市而被称"横街仔"，庙东卖吃食，横街卖货品。街上有好多皮鞋摊贩或鞋店，但谁也没有哈库赖的戏剧性，不长不短一条街，时常挤得水泄不通，无论人多人少，哈库赖因个头高大总是显眼，他人面广，交游阔，我沉默的父亲似乎是因交上他这朋友才能在那条街上吃得开，父亲很重视他。

　　哈库赖卖廉价皮鞋，与我们分租店面，狭窄店面前方做生意，后头还隔出左右两小间房。所谓房间也不过就是一张单人床大小，墙上钉一长板子，墙面上有一排挂钩，中间是走道，我们这边是三小孩就着长板子当书桌，做功课，哈库赖那边摆张席子挂上蚊帐，夜里他与两儿子轮流睡店里。哈库赖是道地台湾人，但喜欢讲日语，长相不坏，就是好色，时常看见漂亮小姐都要来个摸臀袭胸，白日他老婆顾店时，他会到附近黑街寻芳。哈库赖另一个恶习是喝酒，这些都与我无关，我只管看住弟妹做功课。

小隔间里晚上都是人，隔着窄窄走道面面相觑。哈库赖的大儿子一宝高中毕业，二宝高职留校察看，一宝的女朋友阿蓝护校下课偶尔会过来，二宝的女朋友阿娇几乎天天来。二宝跟阿娇老是躲在厕所里，吸强力胶，所有人都知道，因为他俩瘦得皮包骨，走路几乎都在飘。一宝是老实人，但偶尔也会跟阿蓝在蚊帐里躲着亲热，二宝倒是大方，当众也跟阿娇接吻。

我只是个初中生，他们对我而言都是神秘的。阿蓝没过来的日子里，一宝总是在练伏地挺身，他脸孔俊秀，身材五短，据说是练举重导致的。有时一宝会帮我们买晚餐，哈库赖喝醉酒，一宝也会把他扛到后头来。我心中的一宝是大好人，谁也不像他那么孝顺，那么痴情，那么顾家，他对谁都是笑眯眯的，父亲母亲吩咐的事情总是照办，我们爸妈忙，他连我们都照顾到。我每次下课回家，总看见一宝拿着鸡毛掸子跟抹布，勤快地打理摊子那些一双一百五的皮鞋，他的衬衫永远洁净，唇红齿白，连我都想过去买双皮鞋。哈库赖喝醉酒就会指天骂地，打老婆揍小孩，一宝那么大了，父亲捶他，他都不回手。我常问阿蓝姊姊何时要跟一宝结婚，阿蓝一脸神气说："还不一定嘞！"店里没冷气，天花板上电风吊扇呼呼吹，有时一宝会把衬衫脱下，穿着短裤背心，脚放床板，两手放地，又练起伏地挺身。兴致来了，他会要我弟弟坐他背上，有次竟叫我也去坐，我把腿搁地上想减轻他的重量，呼的一下，他把我举起来，我脸红了。

有一阵子阿蓝很少出现，后来哈库赖说，他们分手了。一宝依然练举重，哈库赖打他时，他会还击了，除此之外他没啥改变，但我撞见他在厕所抽烟，问他怎回事，他笑笑说："练举重没前途。"一宝还是好孩子，但似乎准备在皮鞋店单身到老，有一日他问我要不要去看电影，妈妈说行，我就去了。影院门口有家烤鱿鱼，总是大排长龙，刷上辣椒酱料，老远就能闻见那股特别的腥香，我早就想吃了，一宝买了两人份，爽快递给我一只。演的是搞笑片，影院人不多，有时哈哈笑几声，继续啃着焦脆香的鱿鱼，我爱吃鱿鱼脚，一宝就跟我换。影片突然中断。"糟糕，有插片，你快把眼睛闭起来。"他慌乱地说。我只好闭上眼，还听得到夹杂外语的哼哼唧唧，一宝不放心，横过身来用手挡住我的眼睛，他身上有一股汗味，闻来跟烤鱿鱼颇相像，偷偷睁眼，从他指缝里看见荧幕上似有白黄人影晃动。"别偷看！"他笑说。我突然咬了他的手指，从小腹涌上一股说不出的热浪。

冰宫与炸鸡

　　哈库赖年轻时颇风流，他老婆年轻时是个美人，于是三个孩子都长得好看。大姊美宝与母亲一个模样，白脸矮身五官深刻，一脸正经，白天上课晚上顾店，街上有些男孩在追，但她似乎无心嫁人。大哥一宝，是个老实帅哥，满心只有举重跟顾店，小弟二宝，漂撇美少年，娇宠的幺子，长大以闯祸为业。二宝的女友阿娇长得娇俏，二宝与阿娇吸强力胶，偷东西，飙车，一天到晚被记过转学，转到最后那家学校，是当年有名的流氓中学，有钱就进得去，进去之后肯定变得更坏，据说只要按时缴学费，没被抓去坐牢，就可以混到高职毕业。

　　二宝浓眉大眼，阿娇巴掌脸蛋眼睛水灵灵，吸了强力胶之后神情恍惚，有种迷媚的气息。我是刚青春期长胖却不长高，脸上青春痘开始冒，懂得分辨美丑，开始懂得暗恋。二宝时常挨打，一挨打就几天几夜不回家，阿娇会到店里来等他，那些无聊的等待时间，阿娇就带我去逛庙东夜市。

她的头发是教官最不许的削薄打层次，刘海刺刺须须，制服都定做，紧身短翘，走路时把下巴抬得高高的，一脸看谁都不爽的样子。我们穿过庙东夜市，直达中段一家游乐场地下室的冰宫，阿娇擅滑冰，我只负责帮她顾书包，她在场子上真漂亮，即使身体已经被强力胶吸干成空壳，仍有种倨傲的、野性的美，滑冰时她如天鹅。简陋的冰宫里，满满都是想要叛逆的青年男女，许多人会对她吹口哨，她只是自顾自地兜转圈，时间没到就离场。"我们去吃炸鸡。"她说。书包袋子拉得好长，方便她往后一甩。

那时还没有麦当劳，那家台版美式乡村风格的炸鸡店已经非常时髦。店里四周都贴上镜子，木头桌木头椅，桌上藤篮放着刀叉，印有店名的纸巾立在亚克力方盒里，塑胶圆筒里摆满吸管。服务生来问你 A 餐还是 B 餐，就是汉堡、炸鸡、薯条、可乐餐包的各种搭配，点套餐通常比单点划算，但阿娇总是随口说 A 说 B 吃不完就扔下，从不懂得俭省。

常会有男人过来帮我们埋单，或再买点什么请客。那些像苍蝇嗅到肉的青春期男孩、无聊中年人，都被阿娇的美貌与野性吸引，她有时与人打情骂俏，有时对人脏话连篇，有时她看都不看旁人一眼，只是专注撕扯着桌上的餐垫纸，变魔术似的折出小青蛙。"给你。"她往青蛙的背上按，纸青蛙就往我这边跳。

那是我人生里初次见识到的女性魅力，而我还不知那意味着什么，我是个好学生、乖孩子，每日与联考搏斗，还要帮爸妈顾店。美貌与爱情都是与我无关的事，甚至不是爱情，只是玩乐这样简单的心情，二宝与阿娇那种我俩没有明天的活法，使我目不转睛，又爱又怕。我常望着阿娇眼里的空洞，那双眼睛仿佛深井，可以将一切埋葬。

吃饱喝足，阿娇领着我穿越拥挤的夜市街，像穿过一条魔幻的隧道,回到家,二宝出现了,他们俩又像鬼魅一样消失不见。

撒哈拉大肠面线

经过几年打拼，父亲在丰原镇上的摊位终于从简陋的铁皮屋，改建成高大宽敞的店铺，房租也因此涨了两倍。多年来与我们共患难，从车库前一起摆摊，后来一起租下车库当店面，变成真正开店了的伙伴，卖皮鞋哈库赖一家人，开店后一年不到，因皮鞋生意不好，父亲转介他去沙鹿的鹿寮服装批发市场批货，改卖童装。这一跨行，连心态都跨了，过不久他跟父亲说要卖女装，再不久，就批来跟我们一样的衣服，在同一个店面里与我们打擂台，两家终于翻脸拆伙，请来木匠将店一分为二。宽敞的店铺变成狭长的小店，我们两家不再往来，我们自家店铺也正式挂上招牌。那年我初三。

我们店面所在是丰原最热闹的夜市区。庙东夜市卖吃食，我们这几条所谓的"横街"卖服饰百货，从复兴路绵延到附近几条街巷，满满都是服装店皮鞋店，店面虽然缩小，生意却一点不减，或许因为拥挤，客人更想挤进来。店铺筹备期间，我没见过父母那么快乐，装潢，备货，帮店铺取名号（我们终于不再是摊贩了），连我们几个小孩都加入讨论。但计划归计划，一日父亲臭脸从房东那儿回来，说名字房东已经取好了，房东这条街上有三家店，继承的是"龙"字，房东的委托行叫作"裕龙"，与我们交好的对面男装店叫作"福龙"，我们是"铭龙"，百般无奈也只能接受。

　　横街上的店铺，我最喜欢的是在十字路口三角窗那家"撒哈拉"，名字很酷，卖的又都是时髦的少淑女装。店老板以前是混混，老板娘是酒店小姐出身，店里常有很劲爆的衣服，露胸露乳，披披挂挂，洞洞装、超级迷你裙、长统靴、耳环项链，连彩色丝袜都有卖。每日只见老板一脸狠样，穿着花衬衫、喇叭裤，站在柜台收钱，老板娘伙着几个辣妹，一律浓妆劲服，话声娇嗲，店里大声播放西洋流行金曲，有一种快节奏的兴奋，生意旺极了。

父亲以卖"大女服"出身，为了赶时髦抢客源，我们也开始卖少女服装，但我们家的路线是属于"大碗满意"。店里曾想过转卖高价服饰，却因爸妈不喜欢做文市生意，好像店里没有挤满人就会恐慌，即使赚钱可以有更轻巧的办法，但爸妈个性是赌徒，追求刺激与爽快的成就感，所以仍走拍卖路线。

那些日夜忙碌的日子，到了假日，连我们都忙得没日没夜，但混乱生活里，我也有自己的排遣之道，总是会找到空当，自己溜出去逛逛。彼时少女怀春，很想要漂亮衣裳，"撒哈拉"的老板是我妈的朋友，买衣服可以打折，我总会在店前绕来绕去，经过几次周折，终于选定一件洋装，也像客人那样进去试穿。我们家的试穿间就是一块布围起来，可是"撒哈拉"

的却是一个隐秘小房间，里面还有全身镜，有让客人搭配衣服的高跟鞋，连给客人装衣服的袋子，都是牛皮纸袋上以粗犷字体潇洒写着"撒哈拉"，旁边印上两棵椰子树影（长大后我才想起那不伦不类），当时我觉得提那纸袋多酷啊，反观我们家，暗蓝色的塑胶提袋上印着"铭龙"，唉。

怀里抱着衣服，还要往前走，钻进一小巷，吃"面线糊"。

一老妇推着摊车，每日只在那儿卖三个小时，面线糊加大肠与肉羹。那时我还没吃过蚵仔面线，我喜欢面线糊的浅褐色的扁面线，喜欢清得很干净的大肠头切成小丁，非常爱惜似的每碗只加一点，我喜欢自己和旁边那些成年人一样洒脱，没位置时，宁愿捧着小瓷碗站着吃。

吃完我还会打包带回家，那时生意好，父母并不责问我哪去了，我急匆匆爬上阁楼，把新买的衣服再试穿一次，心想着，撒哈拉啊，我要去流浪。

庙东夜市

　　当年丰原小镇最著名就是"庙东夜市"，顾名思义，夜市旁就是一个妈祖庙。八十年代的台湾，到处都是商机，父母选择在此营生，从一个街边铁牛车小贩，到租下昂贵的店铺，经历无数波折，花去四年时间。开店那天，仿佛即将脱离负债的噩梦，小小店铺洁白的墙，整齐地展示最时新的衣裳，母亲在为人形模特儿穿衣，我们还好奇地把珍珠项链戴在模特儿的脖子上，父亲看来也难掩兴奋。邻居送来的花篮、房东赠送的穿衣镜，都贴有喜气的红纸条，写着"生意兴隆""鸿图大展"之类的字眼，父亲拿着鞭炮到店外施放，原本已经很热闹的街，被炸开腾跳的炮纸花瓣似的洒满路面。

　　店铺狭窄，只把店后头的空间隔出一个小阁楼，下头是狭窄的休息空间，放了音响、铁桌、电视，最后头是浴室兼厕所，我们一家五口，就住在这上下加起来八坪的迷你空间里。

　　三餐总是外食，自助餐打菜买饭，一家人轮流到小桌上吃，客人来了就有谁得放下碗筷去招呼。有些日子，父母会给我们零用钱，让我们去吃"夜市"。夜市里好吃的东西可多了，路口的"金树凤梨冰"，削成小条状的凤梨浸在一筒有碎冰的糖冰水里，光是看了就清凉，他们还卖凉丸，与一般肉圆不同，是吃冷的。蹭着人群逛过去，大人爱吃的是几十年老店的"清水排骨面"，炸过的排骨酥炖汤，加上黄油面，排骨软烂，入口即化，汤头鲜美。而我们小孩喜欢的是再过去几家的"丰原肉圆"，油煎的皮香Q，内馅有饱满的肉与竹笋，淋上特调的红白黑三色酱汁，辣甜咸香。店里有卖贡丸汤，但熟客都知道，肉圆吃完拿碗去盛汤，残留的酱汁，配上萝卜大骨汤，撒一点香菜、白胡椒，免费，还可以再添一碗。吃完肉圆，当然要吃蚵仔煎，这家的店铺不到一坪，只能挤坐四五个人，铁锅就在过道上，没泡水的小颗牡蛎实实的一把，调得刚好的太白粉一勺，打上鸡蛋，最后要放一大把空心菜，煎得满满一盘，特调的酱汁是秘方，我们总觉得辣酱里加了花生粉。吃到这里肚子已经很饱了，但妹妹总还要吃上一包菱角酥，小摊子就在夜市出口，削成圆形的菱角裹粉油炸，刚起锅最好吃。

有时，我不想吃那些肉圆蚵仔煎，要正正经经吃上一碗饭，就选路底的"圆环卤肉饭"。小小摊子是两兄弟与始终臭脸的妈妈经营，摊位上卖的卤肉饭，是肥瘦刚好，剁得很碎的猪肉，卤得油香水滑，配上一颗卤蛋，一碟卤白菜。最重要是要喝她的萝卜草菇排骨汤，清炖汤，炸过的排骨酥煮得软烂，光是这几样，就够我们三个小孩吃到撑。一日我到摊子帮母亲打包，明明已经结账，老板娘却诬赖我没付钱，众目睽睽，我只好又付了一次账。自此，我失去了最爱的摊子，也失去了对大人的信任，一直到离开丰原，我都不曾再去吃那家卤肉饭。那些日子，也正是我们开店的梦想开始变得严峻的时刻，生活，对大人或孩子，都是艰难而残酷的。

喉糖与翘胡子洋芋片

服饰店的隔壁是委托行，再过去就是房东的面粉行，宽敞店铺里乍看就是一袋袋面粉，一台压制面条的机器。房东总是长年梳着西装头，穿白衬衫、西装裤，房东太太端庄美丽；房东总是在面粉行忙碌，房东太太则是穿着体面在两家店之间来去，据说早年当过空姐，现在也还有美人特有的姿态。他们的儿子与我同年，都刚上初中，我读的是乡下学校，他读的是明星初中。房东有几兄弟，有两个在台北发展，大哥在横街上开了一家诊所，他则继承祖业卖面粉，这条横街上他们家族就占了一整排店铺，着实有钱。

因为房东开设委托行，我们免不了要硬着头皮去光顾，那年代，能买得到进口商品非得跑委托行不可。顾店的是房东最小的弟弟阿龙，遗传他们一家的高挑身量，斯文长脸，五官也颇端正，三十六岁还是光棍，因为脑部受过伤，智力明显不足，说话有点疯癫。我常到委托行帮爸妈买喉糖，给弟弟妹妹买洋芋片，都是店里我们少有消费得起的物品，所以我与阿龙叔叔对话时间多，也常陪他看电视，帮他解说剧情，觉得他也不怎么疯癫，就是同一句话都会重复说上好几次。他与房东太太一起站柜台，无论拿起什么东西，拿起放下，放下拿起，不放心地确认两三次，显然是对自己记性不太有把握。

我上初三那年，店铺翻新了，与哈库赖拆伙，父亲有了属于自己的服装店，不再是摊车小贩，那台摩托三轮货车便宜卖掉了，父亲将封存在乡下的我的钢琴运到店里，母亲也搬回家了，一家团圆，不久，我们甚至还雇了一个女店员。

娟娟姐白天在初中当行政助理，晚上到我们家顾店，高大的身量，深刻的轮廓，举止言行都婉约，家境微寒，却有种"大气"，才上班没几天，阿龙哥就看上她了。每天晚上八点，阿龙哥必定会过来，送喉糖。

可苦了我们啊，喉糖是塑胶罐装，一颗颗褐色方块，一罐台币一百多，金贵得很。阿龙哥跑来问问："需要喉糖吗？"我们哪敢说不，倒是娟娟姐看不下去了，从里头拿出罐子，对阿龙哥摇晃："还满满的嘞。"母亲见僵持不下，就赶紧拿钱出来，我一见母亲拿钱，就把罐子接过去。阿龙哥拿了两百元，当然还要拿找钱回来，他不会搭讪，就图个多看娟娟姐几眼。我们家卖的是女装，他根本用不上，却依然从店头逛到店尾，眼神饥饿得可喷出火来。

这事后来不了了之，当然是娟娟姐不肯，她心高气傲，才不想嫁给有钱人，母亲也不积极劝说。后来听说阿龙哥夜里发病，满地打滚，又哭又叫，喊着要娟娟当老婆。

我们倒是因此吃了不少翘胡子洋芋片，房东太太拿来赔罪，母亲坚持付钱。后来就是大街小巷都有的品客洋芋片啦，但彼时我带到学校去，谁也没见过这东西，我们偏爱芝士口味，裹着一层橘黄芝士粉，要一口气吃得满手沾染粉末，还要豪气地把手指都舔干净，当时一罐六十元台币，我都拿去讨好同学。

　　喉糖遇热则融，黏糊成一大团，卡在罐子里剥不下来。假日年节，父母拍卖会喊得喉咙沙哑，一罐喉糖传来传去，仿佛真有神效，我总是负责摇晃碰撞那罐子，想办法把喉糖敲剥下来。娟娟姐不吃喉糖，一来知道贵，帮我们省钱，二来可能涉及某些不堪回忆，她倒想出好办法，把整大团喉糖倒出来，放在盘子里用汤匙敲，敲敲敲。谁也不知道她心想什么，我猜她另有爱人，但可能是不顺利的爱，因她脸上总有愁容。

餐厅秀与香蕉船

有些日子记不清楚细节，刚上初中，身子正在发育，什么都不对劲似的。店里总是人来人往的，小小店铺里，下午还悠闲着，天一黑人声喧哗，爸爸妈妈都精神起来了，不知为什么，我们几个小孩不用顾店，叔叔阿姨说要带我们去看"餐厅秀"。

这样的事发生过好几次，我们终于习惯之后，却又像梦一样消失了。

总是一群人两辆计程车，车行到台中市区，我记不得那些店名了，似乎也没有机会注意到，跟着大人晕乎乎地下车，进电梯，总是藏身大楼里的一层，电动门外就可以闻到干冰

的气味。那时节最红的演艺人员、歌星，都要登台作秀，我不知我们入场要不要付钱，只知道台上表演，台下可能就是谈判。我在秀场看过许不了变魔术，最喜欢看他的口技表演，海鸥、汽车、轮船、小喇叭，惟妙惟肖，那时我还没看过卓别林，却看了所有许不了的电影。在秀场里的他是真正的天才，不只是演出那些山寨版的卓别林戏码，而是一个全能的艺人。他说学逗唱，一顶高帽子，一根弯钩拐杖，脸上有油彩，就可以把场景变成山里、海边，可以唤出千军万马，可以让人哭，让人笑，且当时他还有肝病，据说表演完到后台都得打止痛针。

我见过洪荣宏与洪一峰父子档，父亲收藏这两人的黑胶唱片无数。当时江蕙还没蹿红,洪荣宏还没中枪,他斯文俊秀,气质非凡,父亲拉小提琴,他在一旁唱歌,看得出父亲的严厉与他的压抑。

我见过一些小牌艺人,有一位女明星的专长是表演长舌功,可以伸出舌头舔到鼻子,台下大伙全笑了。

小孩子不懂那些大人话事,我们只爱吃牛排,最喜欢豪华的香蕉船,一个大的船形玻璃盘子,水果堆得满满的,冰淇淋、香蕉、凤梨、西瓜、苹果,船首还会有小国旗(时常变换不同国家)。最炫目的是服务生从里头端出来的时刻,整条船都冒干冰啊,叔叔们给我们点的都是最大最贵的,干冰简直像是汹涌大海从众人眼前穿过,得意啊!照例地,妹妹总是可以先吃香蕉船里的水果,我则是要等到干冰全融化了,才要动汤匙,我不太记得弟弟吃些什么,或许他根本没去呢。有些时候,叔叔阿姨只带我一个人去,那时我感觉自己有特权,因我年纪长,自以为可以伪装成大人。

餐厅当然卖吃的,装潢俗丽,四周贴有许多镜子,楼梯间走道上都是彩贺花篮,客人也都盛装出席,场子里坐满能挤下百位,人人都吸烟啊,空气都变得混浊了。台下的人尽管吃，台上表演有时精彩有时不然，舞台很小，距离观众很近，无论什么表演，乐队很响，主持人一想热场就叫人喷干冰。那时的台中，兄弟可能都聚在西餐厅里了吧，转头谁谁谁都是认识的，大伙敬酒，大声喧哗，有时突然隔壁桌的人打起来了，阿姨按住我们的头，说："小孩子别看。"

我不懂得餐厅秀花开花落，那时我也没看过猪哥亮，倒是在夜市里时常听见廖峻和澎澎的餐厅秀录音带，孩子们喜欢模仿，整条街走到哪都是他们的嬉笑怒骂。

好日子里吃牛排，坏日子里吃泡面，生活起落好大，正如夜市里一到了下雨夜，总有那么些凄凄惨惨的气氛，街上跑的计程车空荡荡，行人没几个。我会想起某些特别冷清的演出，是垫档艺人设法在暖场，台下客人一个不高兴就把酒瓶子往舞台扔，我不记得那个艺人是谁，笑眯眯接住酒瓶，仿佛有特技，依然把麦克风稳住，接着他的表演。

干冰又喷起来了，我没吃香蕉船，倒学大人点了一杯咖啡，故作优雅地饮一口，好苦啊。

火拼

横街的日子里，有一段紧张冲突时刻，都是因为拼生意。起初是我们隔壁的男装店"宝全"跟对面"福龙"男装打对台。福龙老板是帮派转行卖服饰，店员都是兄弟出身，店面气派宽敞，是我们家的三倍大，店里从几千块的鳄鱼牌、企鹅牌到两三百的假鳄鱼、假皮尔·卡丹，西装外套衬衫牛仔裤汗衫夹克皮带皮夹应有尽有，靠近柜台的透明柜子里，摆的都是名牌皮带、领带跟内裤。还有一大特色，当时道上兄弟流行穿什么，只消看看他们店里模特儿身上穿的就知道，也算带动风潮。

业绩自是不用说，整条街最赚钱就是他们，店员多，花销也大，收摊后吃消夜像流水席似的，老板夫妇俩很阔气，有什么好吃好用的也常送到我们家来。宝全男装来头也不小，两夫妻跟两兄弟带上一个漂亮的妹妹，据说是从台中来的，资历深，货源足，店面虽小，打的是游击战。所谓游击战，就是看福龙这会专卖什么，立刻拿来降价促销。老板高头大马，两个儿子也是高大帅气，叫卖很有一套。福龙老板娘有一小舅子阿勇，刚退伍，性子很火爆，人却是良善的，那会他刚订婚，老板有意在潭子给他开家分店，他当然卖力学习。

照例地，星期六日热场子，街边上人满满的，钞票潮水一样滚进来，宝全不知又使了什么阴招暗步，两边人马在街心我们家门口就打起来了。那时真分不清谁是客人谁是卖主，自然也弄不清楚谁对谁错，一阵慌乱中，突然有人哀号，人群从号叫声中心往外退散。有人喊"泼硫酸了"，客人纷纷走避，妈妈冲出来把我们拉进去，不久就听见救护车的声音。

闹了好一会，生意都别做了，客人零零落落的，连警察都出动了。

后来我才知道先打群架，之后阿勇气不过，跑进厕所拿了洗厕剂到宝全泼洒，老板伤了脸，大儿子伤了眼睛，小儿子也被波及。

我们家的货摊伤了几件衣服，木板上还留下烧蚀的痕迹。

宝全在街市里人缘并不好，因为好斗，又是外来人。他们在台中做女装起家，跑菜市场时跟我们遭遇，就一直盯住不放，在东势菜市场就与我们产生纷争，派人打伤过我妈。声誉本就不佳，一开始到横街目标就是我们家，没两年，见福龙男装生意好，立刻开了男装店。街边上大家都说他们狠，但夜市讨生活，不狠怎生存。我见过福龙的店员大哥拿枪到我们家寄放，说是风声紧，我见过帮我们开车的叔叔后车厢放双节棍、弹簧刀，风声鹤唳，都想过会动刀动枪，可谁也没想过，真正靠闹事来的是个老实人阿勇。一小罐洗厕剂，使得老板毁容，大儿子失明，小儿子挂彩，阿勇被判了刑，宝全老板娘从一个凶狠的妇人，一夜白了头，变成夜夜在门口指天骂地的肖仔。

哀矜勿喜，我爸妈是中立的，本就是小心谨慎的人，此后就更小心。我父母是目击证人，两边都要他们作证，老实说，那天场面混乱，谁也没法说清来龙去脉，照理说我们应该站在福龙那边，因为宝全是商场上的敌人，过去对我们也从不留情，但爸妈谁也没支持，选择了沉默。

此后，楚河汉界，宝全没再找谁麻烦了，这件事伤害了整条街人的心，做生意到这地步，太伤了。

那或也是台湾经济奇迹的最后泡沫时光，一清专案启动，股票暴跌，百货公司开张，此后横街服饰店生意恢复常态，依然是条热闹的街，但我再没见过那般魔幻的光景了，那些兄弟、阿姨、莺莺燕燕，那些潇洒在店门口喊拍卖的叔叔，都避风头去了。

清粥小菜与蚵仔蛋

　　大学联考当日的早晨，父亲开着他的蓝色福特全垒打从服装店出发，车上载着年幼的弟弟与妹妹，还有穿着制服，因为紧张而显得面容麻痹的我。考场在台中市区的台中二中，我不知父亲是否先问过路，个性谨慎近乎紧张的他，当然是夜里没睡好，警醒着免得睡过头，透早就唤醒我们，唠叨叮嘱我别忘了准考证，我慌慌忙忙收拾行李，所谓大学联考至关生死，但我似乎已经超越了那种恐惧，我刚从母亲的娘家嘉义市闭关回来，身体心理都尚未适应，但也得硬着头皮上阵啦!

　　父亲在驾驶座严肃地开车，弟弟打着瞌睡，我与妹妹聊天，车子离开店铺，忽地停在一处，我们都欢呼，是王

嫂清粥小菜店。其实就是自助餐，店里长年灯光暗黯，铁皮屋到了夏天更是热，入口处明亮，越往里走越暗，架子上两排铁盘，从清晨卖到深夜，早上是清粥小菜，中午是自助餐，到了晚上摊子变身，成了鹅肉店。鹅肉贵啊，父亲常买回鹅掌，一只十元，买十送二，还附赠一大包鹅肉汤，家人会用电磁炉加热肉汤煮面，配上脆嫩的鹅掌，照样吃得出鹅肉香。那是消夜了。消夜与早点对我们都是稀奇的事，那意味着有重大的事件，一向俭省的父亲不轻易使这两件事发生。这天停在王嫂的店，意味着我的联考对我们家是件大事，我返家前父亲便在我们居住的小阁楼装上了冷气机，这日又带我们去吃早点，他嘴上没说什么，但我知道，这是独特的待遇。

　　煮得恰到好处的白粥里浮着番薯块，清甜啊！小菜喜欢什么自己夹，大多是些腌渍品、菜心、荫瓜、豆腐乳、剖半的咸蛋、清烫的番薯叶淋上蒜泥酱油。使我们欢呼的不是这些，而是"蚵仔煎蛋"，这是王嫂的招牌菜，跟一般蚵仔煎不同，就是蛋液里放进满满鲜蚵，油锅里煎得金黄焦香，外酥内嫩，烫嘴也不怕。因为比一般小菜贵上许多，我们没点过几次，吃了这道菜，满嘴油香鲜甜，觉得可以好好去考试了。

　　考场里热烘烘的，父亲眼尖找了棵大树荫凉，铺上塑胶垫，凉水纸扇统统拿出来，跟别人家一样，考生总被服侍得好周到，我心里害羞，躲一旁念书去了。

　　每堂考试出来父亲都会用紧张又压抑的眼光看我，弟妹傻乎乎地看漫画，树下懒洋洋地瞌睡，我则别扭地啃着那些已熟读不下的课本，谁要跟我说话我就跑。到了最后一堂考试，我提早走出了教室，父亲终于按捺不住问我："这么早出来，不多检查几次，有把握吗？"像是要责骂我，我点点头，说："检查好几次了，会写的不会写的都写了。"

考场热闹仿佛嘉年华，走出校门好多补习班的人过来招揽，赠送答案卷，父亲都不拿，可能怕被补习班的人触了霉头，我偷偷拿了一张猜题解答，塞进背包里。"我们去吃牛排"父亲说，弟妹都欢呼起来，我们一行人走向牛排馆时，我看见父亲的脸，疲惫又松懈的样子，他没再多说什么，但我知道，他盼望我将来能成功，能拥有他不曾拥有的人生。

母亲的玉米排骨汤

初三那年，我们关闭乡下的透天厝，只带走必要的物品，搬到丰原服装店里住，母亲就返家了。

记忆中的母亲与真实不太相同，分离的时间里，我们偶尔也会看见她，一星期一次两次，或一个月一次两次，总是在假日。假期里的母亲是城市里的母亲，穿着时髦的衣裳，脸上扑粉彩妆，对我们客气而周到，在摊子上帮忙，或者带我们到什么地方去游玩。我们都知道那是母亲，却也知道那不是母亲，仿佛真实的她寄存在某个隐秘的地方，我们全家都暂不去提取，那个寄存之处存放的，除了母亲，也有我们全家每个人的一部分。我们像是早有默契那样，谁也无须说出什么地，走进那个寄存区，让自己心中最珍贵的什么，遗落在那儿，然后走向未知的人生。

狂风暴雨。

从寄存区将母亲提领出来，原来是那么费事的举动，为了区隔债务而办的离婚，毫不张扬地又去公所办理结婚登记，母亲扔掉那些时髦的衣裳，只留下必要的保养品与一小盒彩妆。母亲带回一套白色烤漆附有梳妆台与整组抽屉柜的家具，父亲将之放置在店铺最后间的休息区，我们会轮流去把其中隐藏着的小椅子拉出来玩，椅子附有红色的绒毛坐垫，垫子掀开又是一个小抽屉，母亲的化妆品与简单的首饰都在其中收藏。

寄存区提取出来的，没有"厨艺"这项目。记忆里孩童时，白日背着孩子的她带着还没上小学的我，到附近的成衣工厂帮人煮饭，下了工每日洗手羹汤，包办大家族全部伙食。这样的过去，不可能不善厨艺，但从寄存区回来的母亲，确实成为一个不善厨艺与家务的女人了，小小店铺里没有厨房，每日我们都去附近餐馆打自助餐回来吃。感觉母亲急于弥补，或恢复旧日的自己，她上市场买回鲜嫩排骨，带壳生玉米，用店里泡茶的小瓦斯炉，隔壁借来的大汤锅，说要熬排骨汤。没有流理台，食材是在浴室流理台清洗，拿到梳妆台上用水果刀努力切块，孩子们都在等，店里的客人也好奇张望，母亲似乎屏住呼吸，像做什么精巧的实验，葱花切段，她匀长手指几乎融入了那白葱段，十分美丽。水滚，排骨也滚动，玉米段漂浮着，金黄色泽格外漂亮，有时客人多了，母亲会急忙到前台招呼，我就帮忙看火，大大锅勺不停地搅动，母亲回来时，轻叱说："动作太大，玉米粒都被你搅下来了。"我有些腆然，却执着要帮忙看顾炉火，我心知这锅汤对初返家母亲格外重要。这锅看似平凡无奇的汤，正是寄存区所有记忆的熔炉，要通过这锅汤的考验，母亲所有的面向才会全部返回。她拿着调味瓶，不放心地一点一点加盐，尝了又尝，不懂厨艺的我也感觉过咸了，她又急忙加水，父亲似乎察觉什么异样而走过来，拿起汤勺尝了一口。"可以了。"他宣布。

"不会太咸吗？"母亲怯怯地问。"很好喝。"父亲说。

　　"去端碗来。"母亲欢喜地说，一套大同瓷碗，花色婉约，是乡下旧时光唯一带来的厨具。向晚时分，我们一家五口各自端着汤，或坐或站，奇怪地并不聊天，只专注地喝汤，电视节目播放着，也没有人注意去看。汤是太咸了，却也有浓郁的甜，母亲似乎偷偷加了砂糖，也或许就是甜玉米的滋味。我们把汤喝得锅底朝天了，都热出了汗，母亲额头生汗眼角湿热，热雾融化了她的妆，曾经的她，从那剥落的粉彩中浮现出来。

V 少女的祈祷

童年的一切除了记忆不留下
任何痕迹，
我惊讶自己遗忘的。
但我知道这一切不是我个人的梦，
令人安心又伤心地，
从记忆边缘窥看了整个时光。

憨人的鸡蛋糕

　　有一种香味，来自记忆深处。竹林与荔枝园围裹的小聚落，我生命中尚未崩坏的部分，天真欢快的童年，香味来自摊车上一具神秘的模具，刷上花生油，倒入鸡蛋面糊，热炭炉火烘烤，铁盘印痕里流淌的面团逐渐煎熟，午后童年邻家的晒谷场都是那个香味了。我记得它是手心大的叶片形状，但有时又觉得是手掌大的贝壳状，那形状忽大忽小，不是椭圆也非正圆，更不是一般蛋形的鸡蛋糕，制作方式更接近红豆饼。"口味跟红豆饼不一样，好吃多了。"我再三对她强调。口齿不清解释不了，要描述那美味，已经没有了语言，正确无误的是馅料有红豆奶油，最重要是第三种高丽菜口味。高丽菜？又不是包润饼，这么怪的鸡蛋糕？

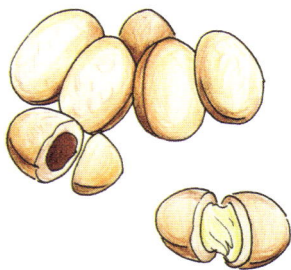

不，我哀号，多少年梦里最难忘记就是那炒着虾皮的高丽菜的咸与脆啊，包在甜香的鸡蛋糕里，甜中有咸，酥里带软，是说不出的复杂滋味。

梦里深处，是等待的时光，聚落里人们所有公共事务聚会的稻埕，不晒谷子的日子，婚丧喜庆的宴席，搭棚，没有庆典的时间，是最寻常的乡间一景，大人不知哪去了，到处都是小孩，踢毽子，跳格子，弹弹珠，跳橡皮筋，忽然大家都涌向同一处，必然是二堂伯的摊车出来了。晒谷场的主人，堂叔公，是我们聚落里最有钱的大家族，生有两儿子，大堂伯精明干练，有乃父之风，理所当然继承家业；

不受父亲喜爱的老二，一张与世无争的憨厚圆脸，傻笑的样子令人安心，很适合做孩子的生意。我的童年时代，每天午饭后，二堂伯就从仓库推出做生意用的三轮车，后座是设备齐全的小摊位，夏天卖吧噗，秋冬卖鸡蛋糕，摊车从竹围聚落出发，一天绕行几个村落，入夜才回来。车子一推进稻埕，孩子们就都围拢过来，吧噗很像是芋头冰，口味多种，冰淇淋铁匙一夹一铲，刨出个小圆球。二堂伯还会摆上小圆盘，快速旋转，让小孩射凿子玩抽签，软木塞制作的圆盘上密密麻麻做了记号，只有百分之一的机会可以射中大奖"天霸王"，就能得到拳头大的巨无霸冰，像是金手里取出奖赏。

星期日弟弟妹妹来家中做客，我们分吃着阿早做的饼干，我提起了阿伯的鸡蛋糕。"我记得。""我也记得。"弟弟妹妹抢着发言，妹妹说只有小学二年级吃得到第一轮的鸡蛋糕，刚抹上的花生油使得面团充满香气，不那么酥脆，更接近法式软饼的湿软；弟弟说喜欢红豆馅，二堂伯制作的馅料相当豪迈，掌心大的鸡蛋糕填进红豆或奶油就会整个撑开，外皮烤成金褐色，甜的咸的都对味。我们姊弟三人鲜少核对记忆，这是第一次，我们一夜说了好多往事。二堂伯后来在街上租了店铺，开始做起制冰生意，憨傻的他也有成功一日，终于把摊车收起，甚至开了工厂，专心卖冰。"不知道那个模具还在不在？可不可以问他要食谱？"我说。我渴望擅长烹饪的早餐人为我再现那梦里才有的美味，但，会不会我们的记忆错误了呢？万一那口味只犹如街头寻常的红豆饼，该怎么办？

天台上的儿童乐园

　　成年的姊弟三人闲话家常，说起了童年旧事。我们生长在神冈乡一个小村子，四周都是竹林围绕，上学得走路到街上。我与最小的弟弟相差六岁，等他上小学我已经去更远的地方上中学了。有几年时间里，我们三个随着在市场里摆摊的父母，吉普赛人似的在台中县市各处游走，那些窘迫慌乱的日子，我鲜少与弟妹谈论，我从不知他们如何看待过往。

　　家里经济状况还好的时日，是八十年代的台湾，经济起飞，我们也赶上过一阵子好时光，那会，每隔一段时间，母亲便会带我们到台中市区的百货公司玩。我记得我们三个小孩去亲亲或是来来戏院看过电影 *E.T.*，黑压压的电影院满座，我们挤站在一旁，最后 E. T. 起飞直奔太空，所有人都站起来欢呼。"我还记得北屋百货，"弟弟说。"玉米浓汤跟凉面。"他又说。我简直不敢相信他还记得，北屋百货后来变成龙心百货，再后来是诚品百货了。

北屋百货公司楼下一角的美食区，有乡下孩子的我们还没见识过的外来食物。我一直不记得主食是什么，只记得我们总是双手合抱着那既像杯子又像碗的容器，喝着热暖黄香的浓汤，小勺子舀起玉米粒，汤里还浮泛着蓬松蛋花如流云。"凉面！"妹妹也附和。我真不记得凉面是日式台式哪一种了，倒记得有时妈妈会带我们吃楼上的港式饮茶，宽大的餐厅隐身在百货公司楼层里，装着各式点心的小推车，推车上的小蒸笼，白色瓷盘堆得老高，吃起来有一种气派。吃完饮茶照例要买衣服，我跟妹妹相差四岁，身材差别极大，但母亲总是硬要给我们买一式一样的洋装。吃吃喝喝，买东买西，最后到达楼顶的儿童乐园。

　　许多时光里，我总以为那是我个人的想象，那些记忆是从错乱梦中逸出，是我虚构小说时溢出文本的故事，因为在我成年后的脑子里无论如何拼凑，依然觉得魔幻。儿童乐园在最高楼，电梯直达楼顶，就可以听见嘈杂的器械与音乐，那应该是在室外吧，因为记得有小型的摩天轮，记得有小小的旋转木马，记得卖棉花糖、爆米花的机器，记得我最怕也最爱的一种游戏机，叫作"摇滚乐"。孩子们由服务员引导进了一个小包厢，像缆车的半密闭车厢，圆形的主体牵拉拖曳出那些车厢由慢至快开始旋转，每一个包厢会在主体旋转的过程慢慢地上下滚动，最紧张恐怖的便是整个人头脚颠倒那么凌空转了一圈，身上的零钱掉落一地，孩子们就会尖叫。我想一定没有更大型的游戏如云霄飞车之类，我总是一次又一次地搭上那个摇滚乐，等待头脚颠倒的刹那，尽情尖叫。

"我记得我记得。"妹妹喊着，现实里我们都已经是三四十岁的中年人了，但，只要我们三人一聚首，现实时间便被脱去，又回到那三个在百货公司里的儿童，摇摇晃晃的记忆里。有时，我们会到台中公园划船，那时公园对我们而言已经是个森林，大白天里穿上百货公司刚买的红白色洋装，头发梳成小甜甜的造型，随着叔叔阿姨一起，还有他们的孩子，漫无目的地在公园游晃。最后到了湖边，我们三人上了一艘小船，不知为何由妹妹划桨，我仿佛不在场似的，却又记得那湖光水色，湖心里的凉亭，湖边逐渐远去的阿姨们挥手，人群里没有妈妈的身影。

我们兴奋地拼凑记忆，在成年之后的一个夜晚，我惊讶于他们俩记住的，也惊讶于我自己遗忘的。我记得曾在抽屉里见过那张照片，红白洋装在湖边，我们身边站了一些人，但他们是谁呢？童年的一切，后来除了记忆不留下任何痕迹，但我至少知道这一切不是我个人的梦，令人安心又伤心地，从记忆边缘窥看了整个时光，那像是被凝冻在时间之外的，天台上的摇滚乐，再来一杯的玉米汤，E. T. 飞上天，许不了变魔术，那些记忆是真的了。

夜里，我们送弟弟下楼，妹妹留下来过夜，我们没再多说了，有许多话，到目前为止还没有能力将之说出口，已经说出口的，会在现实里成为无法抹灭的存在。夜里我仍恍惚着，更多记忆浮现出来，我们如何搭着公车回乡下，穿过竹林走漫长的路，聚落里属于我们家的小透天厝，磨石子外墙仍崭新，屋里却是一片凌乱，但我们很兴奋地睡着了，旋转木马的音乐声仿佛还回荡着。

梦里我再度颠倒梦想，翻滚一次，身上所有的物品掉落，似乎也抖落了我太过早熟的悲伤。

清晨的水煎包

　　隐约记得是刚上小学头两年，有一段时间早晨都在不同地方醒来，爸妈到底忙些什么呢，不清楚，天色还暗着，四五点钟，他们就将睡梦中的我叫醒，迷迷糊糊穿上制服背书包，父亲开着小货车，我们三人挤前座，这时间去上学当然太早，他们就将我放在学校附近放在大庙前。庙祝老爷爷喜欢吃烧饼油条，我爱喝米浆，他会给我一张藤椅，让我坐着打盹，听得见他用竹扫滑过地面的声音，他点燃香烛，把厚重的木门推开。街道随着天光，随着有人将路灯全熄灭，哗啦啦店家拉开铁门，脚踏车经过，当时偶尔才有摩托车与汽车的噗噗声，世界仿佛一点一点苏醒，我终于醒透了，抖擞起来，上学去。

不知为何，父亲觉得大庙危险，又将我改放在一家水煎包店，给我几十块钱，要我等到路上有学生走动，才跟着路队去上课。店铺只有两坪大，伯伯在后面擀面皮，包馅料，我在店面小椅子里窝睡，伯伯把材料准备好，就到前头小桌上来包，我也可以捏着玩。清一色猪肉高丽菜，就一味，加上伯伯自己煮的豆浆，卖的都是附近上工的工人与学生。

　　我还没长见识，也不太会与人交谈，伯伯的乡音很重，我们几乎也没谈话。店铺上一盏小灯泡，在清晨从藏青色逐渐转透，清亮起来，那戏剧性的光度里，小灯泡微黄的灯光，简陋的店面，伯伯独身而老迈的模样，使得年幼的我觉得感伤。送报生来了，我会去接报纸，就着天光翻阅，我识字了吗？不知道，好像只是想找点事情做，一两个小时，我只是等待着，等着伯伯终于把第一锅水煎包准备好，远远看见第一拨客人也从路的那头慢慢走过来。天色几乎是哗的一下子变亮了，隔壁的脚踏车店老板打开铝门，探头出来跟我们打招呼："阿妹乖。"我从椅子上蹦蹦跳跳起来，进去玩一会脚踏车轮子，老板娘满头发卷走出来。"父母怎么当的？这么小就带出来。"她碎念着，问我饿不饿。我咚咚又跑回水煎包店，伯伯要下锅了，这是我最喜欢的时刻，他屏气凝神，将胖大的面团一一摆进圆锅里，绕圈圈地一一挤挨着，我总是担心这么排下去位置够吗？有时会紧张地站在小凳子上猛瞧，当然，每一次那些面团就像生来就这么安顿着似的，完完满满地，占据了一锅子，伯伯会用小铁壶淋上一点水，把锅盖放上，调整火量，等。

客人总是刚刚好就在排队了，有上班族，有工人，有父母带着孩子，有高年级的学生独自来，有三两成群的初中生。等待的时间，伯伯就去装豆浆，塑胶袋一包一包，纸糊的袋子一沓放好在手边，掀开盖子，用小平铲起锅，第一份一定是属于我的。那一整锅最核心的两颗，我私心认为是最好吃，底总是焦焦酥酥的，面皮柔软，馅料鲜甜，两颗水煎包加上一杯豆浆，十五元。接过我的早点，我就在一旁的小椅子上悠闲地吃，直到排队的客人有位我的同学，是附近自助餐店的女儿，看见她来，我就起身，跟伯伯说："我去上学了。""过马路小心啊！"伯伯喊着。

稀薄晨光里，一老一少，非亲非故，日复一日地，他看顾我，我陪伴他，直到有一天，父母不再将我带去那儿了，我恢复

了小学生该有的作息。偶尔我还路过那家店，依然买两个水煎包，伯伯还是那么亲切，我突然长大，那如梦似露的晨间少女随着阳光蒸发，不再是我了。

阿嬷的茴香菜

　　黄昏市场里看见阿婆卖菜，小推车搁块板子，上面摆了自家种的菜，几个妇女围观选购，阿婆说："这个茴香很嫩，只剩两把了。"我一听"茴香"二字，也赶紧挤进人圈，见花衣妇人拿了一把，我不假思索立刻抓起另一把，A 纳闷问我："这怎么煮？"我厨艺不行，但对茴香真是想念得紧，来台北十年，只吃过一回，记忆中煮汤清炒，加颗鸡蛋，都说是"补"。

　　我问阿婆"茴香怎么煮"，隔壁的贩鱼妇人也来凑一脚，都说要爆姜片，用麻油。"可以加蛋吗？"我问。鱼妇说："煮好打一颗蛋进去。"阿婆说："茴香菜最好吃了。"我宝贝似的捧着袋子里的茴香，没想到走几步路又遇上个小推车阿婆，斗笠下的脸黑而小，皱纹满面，她推车的菜新鲜饱满，红菜、菠菜堆叠成把，一旁就是更绿嫩的茴香成堆。啊，后悔了，相较之下我手中这把是老而憔悴。

茴香菜老了，厨房里我拼命选摘嫩叶，把老梗都去掉，A 对茴香子这香料熟悉，但茴香菜却很陌生。依照鱼妇与我稀薄的记忆指引，还是做出了一盘香气四溢的茴香炒蛋，我守着盘子大口夹菜，猛往嘴里扒饭，对 A 来说过于浓重的香气，一瓢一舀，都挖掘出我的记忆。

童年时父母都忙，我自小多病，阿嬷总特别留神照顾，我对她有记忆时，她已经驼着好大一个背，早白的头发似雪，总在三合院里编织草帽。祖父是养子，只继承到一亩薄田，一个小小三合院，我们是村围里陈氏家族中最贫寒的一支。大人上工农忙，小孩就在院落里玩，阿嬷时常带着我到处去，河边洗衣，田里送午饭，院子里打扫，厨房大灶铲煤灰、生火、炒菜，阿嬷总是带着我，物资缺乏的年代，我却偏是个药罐子，家里什么好吃都是我先尝。

我一直在流鼻血，记忆里口腔中都是倒流的血腥味，干黄瘦的身体眼看熬不过冬天，过日子重要，平时就得补，母亲买来参须泡白开水，日日让我当茶喝，院子里的鸡养肥了，杀来炖了汤。还有怪偏方，阿叔去池塘里抓泥鳅，放在院子里的小水盆养，祖父到自家田里挖出被泥水盖过的稻梗头，交给母亲洗净，阿嬷起大灶把泥鳅跟稻梗一起炖煮，说是从根本补起。那些偏方我不爱，都是满院子追打着抓到了才硬逼着吃，我最喜欢的，还是阿嬷做的补品，都是菜。

农家里秋冬之交常见茴香菜，自家种的、邻居给的，餐桌上总是有，麻油是一定要的，姜丝姜片，干炒加蛋，煮汤也可以放鸡蛋。孩童的我也知道秋冬的难熬，一到季节，厨房里就都是茴香气味，首先是我爱吃，再来是阿嬷深信其疗效。"吃不下也无效"这是阿嬷的哲学，要大家别再折腾弄什么泥鳅土虱，正正常常给我吃喝，"吃乎肥，就不惊"，我爱吃米饭，爱吃鸡蛋，吃蔬菜，都是小时候养成的习惯，阿嬷没有把我养肥，但我至今仍记得那样的茴香气味。贫寒的我们，守着一锅热香的汤，汤勺舀起满满的菜，我感觉口鼻里不再有血腥味，都是那奇异的香气，从胃里温暖起来。

打工妹的臭豆腐

小学五年级，因为患了头虱，被老师安排坐到"头虱梅花座"，四周都是家里贫穷，父母忙碌或单亲的孩子，一整个月日日相觑，故而结交一好友 M，家中是打铁店。一日她问我要不要参加"员工旅游"，原来她夜里总要去打工，大甲溪烤肉之旅，就此认识了她们公司的老板与同事。所谓的公司，就是透天厝一楼客厅即工厂，做酱菜，去了才知道老板原是班上另一男同学的父亲，这位男同学成绩总在三名内，与我是竞争对手，父母疼爱有加，对于有学校同学在家里打工一事从不露口风。旅游那日回程路上，老板夫妻问我要不要去"打工"，"打工"这字眼太吸引我了，尽管从小我就跟父母在市场里摆摊，但这还是第一次有机会靠自己的能力赚钱，有种"我要长大了，可以帮忙父母还债"的兴奋之情。

　　六七个人组成一生产线，负责包装，生产线分三道，第一道盛装磅重，第二道用红色塑胶绳打包，第三道装箱。白日里老板与老板娘已经把各类腌渍酱菜都做好，生产线第一关就是老板负责扛来一缸一缸的酱菜，我们几个女学生负责称重，打包。我是菜鸟，负责第一道，把是那些腌萝卜、豆腐乳、红色小干丝等从大缸里舀起，装进小塑胶袋，每包都要称得刚刚好。放学后三个小时，赚得一百元现金，收工回家村子都熄灯了，我骑着单车飞快穿过黑暗的树林，林投姐之类的鬼故事总发生在树林丛中，黑灯瞎火，半个人影也没，总吓得大声唱歌才不会害怕。起初真以为自己每日赚得这一百元可以帮助家计，不到一个月，我也学会跟其他学生去"吃消夜"。

街上大庙边摆了一摊臭豆腐，我们四个要好的姊妹夜夜去光顾，不安全感造就的豪气，我总是要请客才能安心，两三盘臭豆腐吃下来，打工钱也差不多花光了。我口袋空空骑车回家，却吹着口哨，感觉自己交了朋友，懂得义气了。老板与老板娘因为我是副班长待我特别好，有时会给我小费，我拿了更不安心，夜里撒钱撒得更气派，吃了臭豆腐不够，还要叫上隔壁的蚵仔煎。

炸得外表酥脆内里软嫩的蓬松臭豆腐，用铁夹子在中间撮一小洞，放进高丽菜与红萝卜制成的酸甜泡菜，最上头浇淋酱油与自制的豆瓣酱，想更刺激点，就淋上一小勺蒜末，豪气的老板会在盘子上再堆一把泡菜。关上门的大庙，靠着路灯照明的小摊位，四周总是喝酒的成人，只有我们这桌，一群毛头小孩，摆两罐汽水，怪腔怪调学人使坏。乡间小村落算不上什么混太妹，就是下了课爱闲晃，我结交了课堂上无法一起讨论功课的好友，过着自己都不理解的夜生活，仿佛是对突然降临生命的家庭变故生起反叛心。因为特别害怕，我偏偏夜里要穿过那树林，因为知道老师瞧不起我，故而要去结交令他头痛的人物。冬夜里，嘴里有蒜味，呵出的气味自己并不喜欢，我吹着口哨再度穿过树林，远远地，看见妹妹站在竹围路口等我，我飞快地骑着车，口袋里的零钱匡当作响。

黄昏的卖菜摊车

　　差不多是小学高年级傍晚下课跟着路队走到家，匆匆跑上二楼把书包放好，又溜下一楼到我们竹围中心伯公家的稻埕玩一会跳绳，看见各家婆婆妈妈们都挽着菜篮子聚集到稻埕来，就表示卖菜阿义夫妻的菜车来了。天未黑车头灯就大开光线从竹围入口滑下小坡，因重量折弯的竹丛叶片沙沙扫过后车斗的顶棚，车身重，开得缓。孩童的我总觉得那车是滑溜下来的，两百公尺距离吧，好缓慢。

　　竹围第一户是荔枝园人家万姑婆，姑婆德高望重耳背腿脚不好，阿义会像开前导车为她开路似的慢行，高大的阿义嫂这时已经跳下车了，伴着万姑婆前行。往前开十公尺，大伯公摇蒲扇看车停在他家门前，无言催促大家集合，几乎不

214

是按照家户地理位置，而是村围里姑嫂婆媳的长幼尊卑。伯公家大媳妇先到，姑婆的二媳几乎是小跑步追上来，我家阿嬷顶着竹围里最驼的驼背一现身，我就从她身旁小缝钻了出来，这家那家阿妗阿姑阿嫂阿姐全都到齐，阿义嫂眼色好稳稳记住谁要啥要啥，八爪鱼似的双手在空中抓拿递给。我最喜欢他们布置菜车的样子，从车厢最里靠前座的玻璃隔间等比一路往下，梯子状的摆设，最高远处就是逢年过节才需要的香菇干鱿鱼等干货，堆在布袋里的白米、面条，按种类大小积木堆高的罐头，然后是各式的蔬果杂货，等于小杂货店加上一个菜摊应有尽有。这梯状如山峦起伏，随着需要而突高或下沉。阿义嫂人高马大，阿义却是个小个子，于是义嫂负责伺候婆妈们点菜，阿义则猴子似的在车厢里钻来爬去，"猪肉一斤"，有，"白米两斤"，来，空心菜地瓜叶高丽菜要什么自己拿。我喜欢看义嫂拿着秤仔细地磅着草绳子绑着的五花猪肉，大伙都屏气凝神地看，味精的纸盒子堆得山高似的，被某家媳妇怀里抱着的孩子一推，哗啦啦倒下来。

菜车除了带来新鲜蔬果，也带来远方消息。当时电话还没普及，有什么传话托给阿义嫂还快些，街上大多住着发达的亲戚，有时也寄托一些包裹、礼品、会钱，甚至药膏，街上的洋裁行把衣裳做好了，也托他们带，这一整车披披挂挂走过整个村庄最隐蔽的聚落，家族的消息也随着这货车移动传达。

因为母亲不在家，我也开始学烧饭煮菜，倔强的个性即使半点不会也要装模作样，我所有料理知识都是在这摊车上学的，比如怯生生开口买了半斤猪肉，义嫂就问，要炒什么？我当然不知道，她顺手拿了几块豆干、一瓶酱油，猪肉帮我片成小块，聊天似的说，葱蒜姜都切片，油锅先爆香，猪肉下去炒，豆干是熟的炒热就好，酱油一次一小勺，一闻到香味马上起锅。

"空心菜吃吗？""鸡蛋会煎否？""青菜豆腐汤行不行

煮？""瓦斯火要顾好。""可怜没妈孩子啊。"婆婆妈妈围上来了。

阿嬷听见走过来了，像要维护家庭尊严似的，护住我的身体，我脸红结账，阿嬷也提着一小包红糖，催着我回家了。

傍晚时分，我完成了人生第一道豆干炒肉片，空心菜汤，白米饭烧得刚刚好。门关得严实，谁也瞧不见咱，弟弟妹妹还小，无法判断口味，只顾傻傻吃，我把他们的饭碗装满，家家酒似的围着茶几吃饭。"好咸。"才刚咬下猪肉我就懊恼，酱油放太多了，可怜弟妹天真烂漫，吃得正香。我大口扒着米饭，艰难地吞咽，我想着父母并非有意抛弃我们，只为人生艰难，他们得像那菜车夫妻，随着夜色钻进山城某处，吆喝着为别人带来家庭温暖，自己为挣钱漂流浪荡，只得让孩子们在家孤单。

我想象父母所在的街市，华灯初上，人潮汹涌，他们欢快地收钱找钱，钞票把布袋子塞得满满，只偶尔从客人拣选的五彩衣服堆里抬起眼睛，感到心窝一阵隐隐的疼痛，似乎想起了什么，又摇摇头赶紧专心回到买卖里。

天际边，最后的炊烟升起了。

图书在版编目（CIP）数据

致不会说爱的你／陈雪著．—北京：新星出版社，2014.11
ISBN 978—7—5133—1513—5

Ⅰ.①致… Ⅱ.①陈… Ⅲ.①散文集－中国－当代
Ⅳ.①I267

中国版本图书馆CIP数据核字(2014)第111560号

著作权登记图字：01—2014—3000

致不会说爱的你
陈雪 著

责任编辑　汪　欣
特邀编辑　侯晓琼　王　依
内文插图　chacha
装帧设计　韩　笑
内文制作　王春雪
责任印制　廖　龙

出　　版　新星出版社　www.newstarpress.com
出 版 人　谢　刚
社　　址　北京市西城区车公庄大街丙 3 号楼　邮编 100044
　　　　　电话 (010)88310888　传真 (010)65270449
发　　行　新经典发行有限公司
　　　　　电话 (010)68423599　邮箱 editor@readinglife.com

印　　刷　天津市银博印刷集团有限公司
开　　本　850毫米×1168毫米　1/32
印　　张　7
字　　数　120千字
版　　次　2014年11月第1版
印　　次　2014年11月第1次印刷
书　　号　ISBN 978—7—5133—1513—5
定　　价　36.00元